# ふるさとは
# 本日も晴天なり

横山雄二

ハルキ文庫



角川春樹事務所

目次

ふるさとは
本日も
晴天なり

# 序章　父、死す

あんなに大きくて綺麗《きれい》な虹《にじ》を、今まで見たことがない。七十七歳で父は死んだ。

その火葬場からの帰り、宮崎平野を大きな虹が彩った。

お盆が終わったばかりの夏の盛り。喪服《もふく》のネクタイを緩めながら、オレは子どもの頃から見慣れた、あの空を見上げていた。十数人が乗れる小さなバスの中。

「お母さん、見てごらん。すんごい虹が出ちょるよ！」

「あらホントやねぇ。お父さんがお別れに、みんなに見せてくれちょっちゃろうか？」

五歳年上の姉・由美《ゆみ》も興奮気味に呟《つぶや》いた。

「ホントやわ！　すげぇ虹やねぇ。お父さんやわ。絶対に、お父さんがみんなを見送ってくれちょっちゃわ！」

しかも、虹は途中から、その隣からも姿を現し、まるで虹の眼鏡橋のようになった。

あまりにも突然、最愛の人を亡くした母の落胆《らくたん》ぶりは凄《すご》かった。

オレのふるさと宮崎では通夜が二日間にわたって行われる。仮通夜、本通夜、そして葬儀。悲しみに暮れる遺族にとっては、とても負担で、葬儀の日に喪主が体調を崩して出席出来ないなんてこともしばしばあった。

父・圭剛《けいごう》の弟・英富《ひでとみ》は感傷に浸るオレたち家族に大声で言った。

「兄ちゃんが、あんげな虹を出せる訳ねぇがね！　大体、死んですぐやとにいきなり力を発揮出来る訳がねぇがね！　まだ天国のシステムも分かっちょらんとに」

涙を流しながら、その虹を眺めていた母・キヨはその言葉を聞いて、ちょっぴり微笑《ほほえ》んだ。オレも笑った。

この英富おじちゃんは、本通夜の日も独壇場《どくだんじょう》で、仏間に寝かされた父の横を離れることはなかった。遺体が傷まないように室温をエアコン最低の十八度に設定して、蠟燭《ろうそく》の火と線香が絶えないように常に見張り番をしていた。時たま席を外すときも、

「兄ちゃんが腐ったらいかんかい、クーラーの温度は上げるなよ」

とのセリフを残して、席を立った。

仏間のあまりの寒さに、少しだけ室温を上げようと、エアコンのリモコンをピッ・ピッといじると、その音を聞き付けてすぐに部屋に飛び込んで来た。

「おい！　誰か！　今、リモコンを触ったとわ！　どら、リモコンを見してみろ。誰が二十度にしたとか！　雄二《ゆうじ》か！　由美か！　兄ちゃんが腐るがね！」

リモコンは、もう誰にも触られないように、英富おじちゃんのポケットの中に仕舞われた。

父・圭剛は突然死んだ。八月十七日。お盆明けで一日だけ会社が休みだったオレの元へ、姉から電話があった。

「雄ちゃん、お父さんが急に倒れたとよ。でね、今、病院に入院しちょるっちゃけど、たぶん大したことはないと思うけど、雄ちゃんが帰って来てくれたら、お父さんも喜ぶと思うっちゃけど。仕事は、休めんよね？」

時計を見ると午前十時だった。

「今日は休みやけど、もう明日は仕事やかい、さすがに行けんわねぇ。お父さんの容体は、どんげな感じやと？」

「最近、体調があんまり良くなくてよ。でも、今日は墓参りに行かんにゃいかんって言って、車でお母さんと出たっちゃけど、帰りにはもう車も運転出来んようになったらしくって、お母さんが病院に連れて行ったら、すぐに入院せんにゃいかんって」

「危なくはないっちゃろ？」

「うん。たぶん大丈夫やけど、お母さんも不安そうやかい、雄ちゃんが来てくれたらねぇと思って。でも、広島から日帰りは無理やもんね。いいわ！　いいわ！　また、なんかあったら連絡するわ！」

「なんか、ごめんね。そしたら、姉ちゃんがなるべく傍《そば》におってやってよ。なんかあったら、ホントにすぐに連絡してよ！」

そして、すぐに。本当にすぐに電話が鳴った。正午。姉は泣いていた。

「今、先生と話したら、お父さん今日が山やとと。家族をみんな呼んで下さいって」

「なんで？　ちょっと前まで元気やったっちゃろ？　なんで？」

「私も全然、意味が分からんとよ。でも、お父さん死ぬみたいよ」

姉は、そのあと嗚咽《おえつ》とも言える声を受話器から響かせた。

「分かったわ。そしたら、すぐに帰るわ。新幹線で福岡まで行って、それから飛行機に乗り換えるから夕方には着くと思うよ」

「うん」と言う姉からの返事は、もう聞こえなかった。


悩んだ。喪服をタンスから出すには出したが、持って行くかどうか悩んだ。しかも、分厚い生地の冬用の喪服は、タンスの中でヨレヨレになっていた。

二時間前まで、父親が死ぬどころか宮崎のことも考えていなかった。それが、今、新幹線に乗ってふるさとに向かおうとしている。黒いスーツを持って。

「お前、わざわざ広島からそんげなもんを持って来て！　縁起が悪いわ。お前は死神みたいやねぇ」

そのときは、まだ親父《おやじ》のそんな冗談でも聞けるものだと思っていた。

オレは広島でアナウンサーをしている。四十六歳。

もう、この職に就いて二十四年になる。華やかそうに見える職業だが、その実、仕事となると堅実で地味なものだ。

アナウンサーになることを勧めたのは父だった。

「お前は、ネクタイをして朝九時に会社に行くような仕事は無理やわ。頭は悪いけど、姉ちゃんに勉強のコツを聞いて目指したら、お父さんはなれると思うっちゃけど」

姉・由美は短大を卒業したあと、そのまま東京の新聞社に勤めていたが、喋《しゃべ》る仕事への憧《あこが》れを諦《あきら》めきれず、仕事をしながら会社には内緒でアナウンサー試験を受け続けていた。そんなある日、地元宮崎で新しいＦＭ局が開局されると聞いて、すぐに受験した。そして、見事、合格。ふるさとでアナウンサーをしていた。

その姿を見ていた父は、オレにもアナウンサーになるよう勧めてきた。

当時、十九歳。福岡の三流大学に通っていたオレは、大いに戸惑った。夢は映画監督。現実味はなかったが、夢だけは大きかった。

学力と学歴がないんだから、才能で勝負するしかない。映画なら、それが叶《かな》うかもしれない。撮れる当てもない映画の脚本を見よう見まねで書いていた。そもそも、一流大学出のエリートたちが目指すマスコミなる職業を、なんのコネもなく受けても通るはずはないと思い込んでいた。だが、父は違った。

「お父さんは、姉ちゃんよりお前の方がアナウンサーに向いちょると思っちょる。お前は小さい頃から、ひょうきん者で、野球部でも中心人物やった。話すことも好きそうやから、お前の方が向いちょる！」

「じゃけど、オレは全然、勉強が出来んかい無理やと思うよ」

「うんにゃ！　勉強が出来んかいアナウンサーになるとよ！　アナウンサー試験は面接重視やかいね！　ひょっとすると面接で一番を獲《と》れるかもしれんがね！」

楽観主義の権化のような父は「間違いなく、お前はなれる！」とオレを洗脳し続けた。

大学四年の春休み、東京のアナウンス学校へ行き、高校時代の仲間のマンションを転々としながら就職活動を行った。そして、奇跡的にアナウンサーになれた。

当時の採用担当者は入社してきたオレに、こう言った。

「学力テストは最終に残った十二人のうちで最低でした。ですが、面接は飛び抜けて最高得点でした。これからは、アナウンスの勉強をしながら知識を身に付けて下さい」

父の思惑通りだった。

あれから二十四年。オレの人生の道筋を立ててくれた父の最期を看取《みと》ろうとしている。でも、なんの実感もなかった。テレビは『よしもと新喜劇』をやっている。普通の休日だ。これが日常だった。二時間前に電話が鳴るまでは。

皺《しわ》だらけの喪服と二日分の着替えを持ったオレは広島駅にいた。

午後一時。新幹線ひかり、自由席三号車。姉から急な連絡があっても、すぐに電話を取れるよう座席前の網の中へ携帯を入れた。

まだ、なんの実感もない。朝起きたとき、まさか自分が今日新幹線に乗ることになるなんて思ってもみなかったよなぁと、考えながら車窓を眺めた。

里帰りの際、いつも乗り込むひかり。広島から宮崎は飛行機の直行便がないので、乗り継ぎが必要となる。自分が大学時代を過ごした博多がどんどん近付いてくる。小倉。この街は、昔付き合っていた女の子とよくデートをした街だ。ホームを見ただけで、あのときの甘酸っぱい青春の香りが鼻孔をくすぐる。

「あの子、どうしてるかなぁ？」

博多まであと十分。小倉駅を出発した瞬間、携帯電話の緑色のランプがピカピカと点滅しているのに気が付いた。イヤな予感がした。

乗客五、六人のガラガラの車内、携帯を持ってデッキへ出た。

連結部分の音がガタンゴトンと大きくなる中、携帯を開いた。

着信アリ。１４１６。

留守番電話センターへ問い合わせた。受話器から姉の声がした。

「雄ちゃん。お父さん死んだよ」

時計の針は午後二時を指していた。四時間前まで、たった四時間前まで、ただの休日だったのに、親父が人から物になった。


博多駅に着いてからも、驚くほどなんの実感もなく、駅の構内で長浜ラーメンを食べた。しかも、餃子《ギョーザ》とどんぶり飯のセットで。刻まれた辛子たかなをしこたま器に入れながら「せっかく博多まで来たんだもんなぁ」としっかり味わった。

地下鉄に乗り、福岡空港へ。

喫煙所で煙草《タバコ》を吸いながら、今、実家はどうなってるんだろうと考えた。

子どもの頃から可愛《かわい》がってもらっていたおじちゃんやおばちゃんが集まっているのか？

父親の遺体は、まだ病院なのか？　それとも家なのか？　葬儀社には、姉ちゃんが連絡してくれてるのか？　久しぶりに会う親戚《しんせき》や、近所の人たちも来るだろう。

「お土産、買わなきゃ！」

大人数でも対応出来るように三千円の博多銘菓二個と、手渡し用の千円のお菓子を十個買った。

「あっ！　これも！」

手にしたのは、親父の大好物だったあんころ餅《もち》『博多ぶらぶら』だった。

「親父、これがないと不機嫌だったもんなぁ」

いい格好しいの親父は、いつも帰省するオレのお土産の質や量にこだわった。

「みんなはお前が広島で売れっ子アナウンサーをしちょるって知らんちゃから、もっと高くて美味《おい》しいお菓子を買ってこんと目立たんがね！」

そのくせ自分は、「ぶらぶらは？」と、このあんころ餅さえ買って来ていれば充分だった。見栄っ張りだった。

会社に電話をした。休日だったため、なかなかアナウンス部への電話が繋《つな》がらない。

地方の放送局の土日は、驚くほどガランとしている。いつものエネルギーが嘘《うそ》のように、空気の抜けた人形みたいに活気や生気がない。アナウンス部長の携帯に電話をしてみる。留守番電話だ。メッセージを残す。

「もしもし、横山《よこやま》ですけど、実は今日、父親が亡くなりまして、今ふるさと宮崎に帰っている最中です。申し訳ありませんが、明日から忌引きをお願い出来ればと思いまして」

飛行機から見える空は、驚くほど青かった。南国特有の強い日差しが差し込み、窓際の席の日よけを下ろした。

福岡から宮崎の便は飛行時間およそ四十分。飛び立ったかと思ったら、すぐに着いてしまう。飛んで降りる。もう、平行に飛んでいる時間はないんじゃないかと思うほどの距離である。実際、福岡で舐《な》めはじめた飴《あめ》が宮崎に着いても、まだ口の中に残っていたりする。

あっという間だが、ちょっとだけ寝ようと思った。

我がふるさと宮崎は養鶏大国だ。

繁華街には地鶏《じどり》屋が軒を連ね、自宅でも普通にちょっと硬めの地鶏を嗜《たしな》む。数年前には鳥インフルエンザで大打撃を受けた。

牛や豚、ピーマンやマンゴーも有名ではあるが、もし宮崎に観光に行くと言われれば、地鶏とチキン南蛮は食べた方がいいよとアドバイスする。

空港に着くと、入り口に水分をしっかり含んだ消毒マットが敷かれている。県外から鳥インフルエンザの菌を持ち込まないためである。

大学時代から、もう百回以上、降り立ったであろう宮崎空港。通称ブーゲンビリア空港。いつもなら、オレの帰省を誰よりも喜び、空港出口で最高の笑顔を見せて待ってくれていた親父。荷物の引き取り所で、いつも親父がいた場所を見つめる。誰もいない。

「親父、来てくれてねえのかよ！」

福岡で買った大量のお土産と着る当てのなかったはずの喪服を手に、流れてくる荷物を待つ。

たった二日分しか入っていない小ぶりな黒いスーツケースが見える。荷物を手に取ると、タクシー乗り場に向かう。モワッとした湿気とギラギラの太陽が姿を現す。

「暑っ！」

一気に汗が噴き出す。タクシーに乗り込み、運転手さんに「月見ケ丘まで」と告げる。

亡き父の待つ実家までわずか五分。

少しずつ、ドキドキし始める。帰ったら、親父が死んでいる。明るかった、オレの目標だった親父が死んでいる。

玄関には、黒い革靴が無数に並んでいた。みんな集まってるんだなぁ。中から、賑《にぎ》やかな声が聞こえる。

スニーカーを脱ぎ、仏間の横を通ってリビングの扉を開けた。すると、かなり老け込んだ、でも懐かしい親戚の顔が一斉にオレの方を振り返った。

「おかえり！」

声を合わせたかのように、みんなの息が揃《そろ》っていた。オレは、

「あらっ！　おじちゃん、久しぶりです。いつぶりですか？　あらっ！　おばちゃん、元気にしちょった？　わぁ、みんな懐かしいねぇ。ご無沙汰《ぶさた》をしちょって、ごめんね」

と言いながら、持って来たお土産の包装紙を乱暴に開けた。

「これ、広島から帰って来たとに、博多土産やけど、みなさん食べて下さい」

大きめの箱を差し出すと、少し厳しい表情で英富おじちゃんが、こう言った。

「雄二、そんげなことはいいが！　早くお父さんに会ってやれ！　お父さん、待っちょっ

ど！」

心臓がビクンとした。

現実を見る。現実を知る。現実を突き付けられる。

意を決して、仏間の扉を開ける。十畳ほどの部屋のど真ん中に、顔に白い布を置かれ、真っ白な布団に寝かされた父親が横たわっていた。

「お父さん、帰って来たよ。ちょっと遅くなってごめんね！」

遺体の横にひざまずき、恐る恐る、白い布をめくってみた。

鼻の中に綿を詰められ、少し浮腫《むく》んで、目をつぶる親父が目の前に現れた。

その瞬間、信じられない勢いで涙が溢《あふ》れた。滝のように涙が流れた。

「お父さん！」

そう言うと、もう言葉が出てこなかった。

そして、とにかく泣きたいと思った。誰にも見られていない今のうちに、身体《からだ》の中にある全部の水分を涙で出そうと思った。

ただ、ひたすら。ただ、ひたすら泣き続けた。

この世に生を受けて四十六年。これまで、当たり前のように語り合い、笑い、言い争った親父は、もう返事もしてくれなくなった。親父は、あっという間に死んでしまった。

# 第一章　少年よ、甲子園を目指せ！

三十年前。

机の上に置かれているラジカセから、もの凄《すご》いスピードで喋《しゃべ》るビートたけしの声がけたたましく聴こえていた。

足元に置いた電気ストーブを弱に切り替え、くっ付きそうになる瞼《まぶた》をなんとか開けていた。

午前二時。椅子《いす》の背もたれにかけてある褞袍《どてら》を羽織り百二十分テープを裏返しにした。

これでラジオ番組『オールナイトニッポン』を最後まで録音する準備は整った。

「よし！」と机に突っ伏す。

高校受験が控えているというのに、勉強がまったく手に付かない。部屋の壁中に貼《は》られた薬師丸ひろ子のポスターも「そんなことじゃ私と結婚出来ないわよ」と笑っているようだ。

ポスターに書かれた「NEVER GIVE UP」のキャッチコピーも空《むな》しい。

自分は一体、なんになりたいのか。どう過ごしたいのか。果たして、自分は何者か？世の中という枠組みや仕組みが見えていないので、とにかく刹那《せつな》的に、目の前にぶら下がる娯楽という快楽を享受する。

吐く息は白く、やる気の全《すべ》てを奪われてしまう。

遠くから、ミシッミシッと階段を昇る足音が聞こえた。母親だ。扉の前で足音が止まる。どうせ、この体勢のまま朝まで寝てしまうんだろうと思っていた身体《からだ》を慌てて起こす。シャープペンを握り、今、まさに勉強中の姿勢を取る。

「まだ、勉強しちょっとね？　もう、寝たっちゃねぇかと思って上がって来たとよ」

「もうすぐ、受験やかい寝ちょる訳ねぇがね」

「ラジオやら付けて、そんげなもん聴いちょったら教科書の内容が頭に入らんやろ！」

「ビートたけしを聴いちょかんと、明日、学校でみんなと話が合わんとよ」

「勉強するなら、ラジオを消しちょかんと、お母さんはあんたが二つのことをいっぺんに出来んことを知っちょるかいね！」

「もう、分かったが！　早よ寝ないよ！」

母親の言う通り、ラジオなんか付けていたら、頭になにも入って来ない。

そもそも、この夏、我が中学校の軟式野球部が宮崎県大会で優勝。オレは二番センターでの活躍が認められ、高校には野球特待生で入れるという話をもらっていた。だが、まだその基準を超える偏差値まではほど遠い。

野球部の沢田《さわだ》先生が、いざとなったら、なんとか高校に泣き付いてくれるんじゃないかという甘えが現実逃避に繋《つな》がっている。

翌日、いつものように学校で禁止されているチョッパーハンドルの自転車に跨《また》り、中学の近くにある公民館の電柱に自転車を括《くく》りつけて三年七組の教室に入った。

オレの顔を見るなり、同じ塾に通う山口《やまぐち》がニヤニヤしながら話しかけてきた。野球部を引退して、伸びかけの髪に無理やりかけたパーマが似合っていない。

「雄ちゃん！　昨日のたけし聴いたや？　やっぱりてげ面白かったね！」

「オレ、途中でカセットを裏返しにして寝たかい、まだ後半の一時間を聴けちょらんとよ」

「嘘《うそ》！　後半の『こんな学校はイヤだコーナー』ものスゲエ面白かったっちゃが」

「オレ、今度、ハガキを書いて送ろうって思っちょっちゃわ」

「ホントや！　雄ちゃんなら発想が面白いかい読まれるかもしれんね！　ペンネームは、なんにすると？」

「ん～ん。そうやねぇ。やっぱり自分の名前をたけしに読まれてぇかい『宮崎の横山』やろか」

「そんままやがね！　なんか、面白いペンネーム考えんと目立たんよ」

一九八二年、冬。学校で流行《はや》っていることと言えば、漫才にラジオに映画。制服姿が集まれば「ツービートが」とか「B＆Bが」とか「オールナイトニッポンが」とか「角川映画が」そんな話ばかり、あとの興味はもちろん今付き合っている彼女美雪《みゆき》ちゃんの女体の神秘だ。

美雪は、一年前から付き合いだした学校のアイドル的存在。修学旅行のバスの中でキスをして、それからずっと付き合っている。

時たま電話をすると、美雪のお母さんも、名乗る前から「あら！　横山君ね。ちょっと待ってね！」と電話を繋いでくれる。

ウチの父親や母親も「美雪ちゃんから電話よ」と咎《とが》めることもなく繋いでくれる。言ってみれば両親公認の仲だ。

ただ、美雪のお父さんだけは「美雪になんの用ですか？」と、なかなか電話を繋いでくれない。やっぱりオレのことがイヤなんだろう。

マフラーを巻いた美雪が教室に入って来た。

オレの顔を見るなり、にっこり微笑《ほほえ》む。

「雄ちゃん、昨日はちゃんと勉強したと？　また『オールナイトニッポン』聴いちょったちゃろ」

「うんにゃ、昨日は勉強し過ぎて、途中で眠くなったかいラジオ聴かずに寝たとよ」

「ホントや、雄ちゃんがラジオ聴かんとか珍しいねぇ。でも、日向《ひゅうが》学院は、偏差値が高いかいちゃんと勉強せんと、特待生でも通らんかいね」

「うん。美雪にはオレが甲子園に行ったときに応援で来てもらわんにゃいかんかい、オレ、勉強も頑張っちょっかいね」

美雪は前回の中間テストで学年十位。オレは二百七十位。

成績に雲泥《うんでい》の差があるにもかかわらず、オレの目指す日向学院の方が、美雪の第一志望の商業高校より偏差値が高い。せめて百五十位に入らないとオレの高校生活は地獄になる。

中学一年生のとき、角川映画『戦国自衛隊』を観《み》た。

現代の自衛隊が、突然、戦国時代へタイムスリップ。果たして、天下を獲《と》ることが出来るか？　そして、今の時代に戻ることは出来るのか？

これまで『東映まんがまつり』や『東宝チャンピオンまつり』しか映画に行ったことのないオレは、大人が作り出す本気に猛烈に興奮した。そして、将来は映画を作る人になりたいと漠然《ばくぜん》と思っていた。

「横山くん。今、なんの映画を観ればいい？」

「どんげな映画がいいとね？」

「ん〜。恋愛映画がいいかなぁ」

「そしたら、一番街の傍の宮崎松竹って映画館で『転校生』って映画が今度公開されるかい、それがいいかもしれんね」

「どんげなストーリーやと？」

「広島の尾道《おのみち》ってところが舞台でよ、中学生の男の子と女の子の身体が入れ替わるとよ。で、入れ替わることでお互いの大切さを知るって感じやね」

「なんか、面白そうやね。そしたら、公開されたらすぐに観に行ってみるわ」

勉強は出来なかったが、オレの映画好きは学年中に知れ渡っていた。

今、どんな映画が上映されているのか、どんな話なのか、そして上映時間と場所まで、ほとんどの生徒がおすすめをオレのところへ聞きにやって来ていた。

映画の知識なら、任せとけ。今のオレに自慢出来ることは、そのくらいだった。

両親の仕事の関係で鍵《かぎ》っ子だったオレは、それをいいことに、学校が終わると自転車で三十分、宮崎の街のど真ん中にある映画館『宮崎セントラル会館』へ時間を見つけては通っていた。

映画館に飾られたデッカイ手描きの看板をチェックして、チラシを丁寧に集め、窓口のおばちゃんに新作の前売り券情報も確認していた。親戚《しんせき》以外で、初めてちゃんと喋った大人は、このセントラル会館のおばちゃんだった。

『地獄の黙示録』を観に行ったとき、もぎりのおばちゃんが「あんたは、毎日のようにここに来るから」と東鳩のオールレーズンをくれたのは嬉《うれ》しかった。

夜。美雪に電話を掛けるとお母さんが出た。良かった、お父さんじゃなくて。

「美雪、商業高校に行くって言いよったけど、なんで商業やと？　美雪なら進学校の南高校に行けるやろ？」

「私はね、将来『宮崎銀行』に行きたいかい、お父さんとお母さんに聞いたら商業がいいって」

「美雪はもう将来、なにをするとか決めちょっちゃ」

「うん。なんとなくやけどね。雄ちゃんは、なんになりたいと？」

将来……。考えたこともなかった。

大体、自分が大人になるって想像すら出来ていなかった。

具体的な夢がある美雪を大人と思ったし、なんにも目標なく高校受験をしている自分をとても幼稚だと思った。しばらく考えた挙句。

「オレは映画監督になりてぇっちゃけど、どんげしてなったらいいか分からんかい悩んじょっとよ」

口をついて出た。

野球特待生とはいえ「プロ野球選手」ってのも嘘っぽいし、かと言って父親がやってる不動産という仕事のこともよく分からない。そこで、思い付いたのが映画監督だった。

「雄ちゃん、映画を作る人になると？」

「うん。今、スゲエ流行っちょる角川映画ってあるやろ。『犬神家の一族』とか『野性の証明』とか、あと『戦国自衛隊』ってのもあったわ。あれを見たら角川春樹って人が作っちょっとよね。じゃかい、オレは角川春樹みたいな人になりたいっちゃわ」

「へぇ。雄ちゃん、スゲエねぇ。夢が格好いいわ」

なんとか、乗り切った。突然の質問に、咄嗟《とっさ》に口走《くちばし》った出任せ。でも、その日からオレの将来の夢は『映画監督』になった。角川春樹が、監督ではなくプロデューサーだということに気付きもせず……。


受験生と簡単には言うが、中学三年生で「自分がなにになりたいのか？」が明確な子どもはどのくらいいるんだろう。

この前読んだ誰だかの本によれば「昔は大人になれば兵隊になれば良かった。でも、今の若い人たちは、なんにでもなれる。なんにでもなっていいって言われても悩むわよね」と書かれていた。

本当にその通りだ。オレは、なんのために勉強しているんだろう？

『映画監督』、いい響きだ。なんだか、ワクワクする。

勉強中のノートの一番後ろのページに『映画監督・横山雄二』と書いてみる。そして、その横にチラシの裏に何度練習したか分からないサインもマジックで書いてみた。

「映画監督かぁ」

家庭教師の太田《おおた》さんがやって来た。

太田さんは宮崎医科大学の四年生で、オレを叩《たた》くためにいつもプラスティックの定規を右手に持っていた。

「太田さん！　こんヤツは全然成績が上がっちょらんかい、なんかあったら、そん定規でピチピチ叩いて鍛えてやって下さいね」

「はい。分かりました」

「雄二が日向学院に合格したら、約束通り、中古で悪いけど、ちゃんと車をプレゼントしますかいね」

父親は鼻を膨らませ「どうだ、これが不動産屋のやり方だ」と言わんばかりに得意気にしていた。

この人は、派手なことが大好きで車はキャデラック、バイクはハーレーダビッドソンを乗り回し、毎日ゴルフ三昧《ざんまい》。夜は夜で、いったん歓楽街に出たあと、飲み屋の女の子を何人も家に連れ帰り『子どもは押してはいけないボタン』を押して、天井からミラーボールを出して、リビングでチークダンスを踊っていた。

さすがに、オレが受験生になってからは大人しくなったが、きっと高校に合格したら「息子の合格祝いだ！」と、また同じ生活が始まるんだろう。

時たま、二階に上がる階段で泣いている母親の姿を目にしていた。でもオレは、そんないい加減な父親が嫌いではなかった。どちらかと言えば、その生き方に憧《あこが》れていた。


小学四年生のとき。ランドセルを背負って学校から帰っていると、後ろから野太い大きなクラクションが聞こえた。

びっくりして振り返ると、満面の笑みで真っ黒ででっかいベンツに乗った父親が窓から顔を出した。

「びっくりした！　お父さん、どんげしたと」

「びっくりしたやろが！　こん車はメルセデス・ベンツって言って、まだ宮崎じゃ十台も走っちょらんかいねぇ」

子どもがミニカーでも自慢するかのような顔で言った。

オレの「びっくりした」は大きなクラクションに対してだったのに、この「びっくりした」の言葉が父親には、さぞ嬉しかったようで、今でも「お父さんがベンツを買ったとき、雄二がもう目を白黒させて驚いちょったがねぇ」と酔うたびに語っていた。

「こん車を買ったことはお母さんには内緒やかいね」

と言いながら、家に帰るなり、

「おい！　キヨ、俺はベンツのオーナーになったぞ！」

と嬉しそうに大声で叫んだ。

そんな父親の太田さんへの中古車攻撃のおかげで、オレの成績は徐々に上がって行った。

実際、少しずつ理解出来て行く勉強なるものに、面白さを感じていた。それでも名古屋は県だと思っていたし、新潟の『潟』という漢字は書けなかった。

「今度のテストで百番以内に入ったら、ステレオを買ってやるわ」

「ホントや！　したら薬師丸ひろ子が宣伝しちょる『テクニクス』のステレオを買ってよ」

その会話を聞いていた母親は、

「お父さん、なんでんかんでん、あれを買ってやる、これを買ってやるって言って、全部に賞品をつけたら、雄二がなんかを買ってやらんと頑張らん子になるがね」

と珍しく父親の言葉に抵抗した。

それでも、オレはその言葉に俄然《がぜん》熱くなり、次のテストで九十九番に入った。そして、同級生が羨《うらや》む高級ステレオ『テクニクス』がオレの部屋にやって来た。

南国・宮崎といえども水溜《みずたま》りが凍る二月。ミッション系の男子校、日向学院の合格発表の張り紙に『横山雄二』の名前があった。これで春からオレは高校生だ。

商業高校への合格が決まった美雪と離れるのは悲しいことだが、きっと鼻の下にうっすら髭《ひげ》を生やした高校生のオレには、新しい彼女が出来るだろう。

受験と太田さんから解放され、目の前が一気に華やかに感じた。

高校に入ってしたいこと。新しい彼女を作る。初体験をする。甲子園に出る。映画をいっぱい観る。そして、将来の夢を確定させる。あのとき、美雪と電話で話した『映画監督』は、自分でも暗示にかけられたように「なりたい」から「なる」に変わっていた。その思いを高校時代に確かめるのだ。


「雄二君の高校生活は、どんげですか?」

父親に買ってもらったボロボロの中古車に乗った元・家庭教師の太田さんが我が家にやって来た。

「野球部の練習が厳しくてよ。休みは正月だけらしいわ」

「日向学院は、毎年甲子園候補ですもんね」

「うん、今年は特待生を十人獲ったらしいかい、雄二たちの代で甲子園に行けんかったら、もう監督の責任問題やわねぇ」

母親に出されたショートケーキをうわの空で食べていた太田さんは、本当はこれが聞きたかったという表情で会話を続けた。

「そう言えば、お姉さんの由美さんは今、ラジオで大人気みたいですねぇ。僕の友だちも由美さんの番組を毎日聴いてるって言ってました」

姉・由美は、オレが高校生になると同時に地元のラジオ局『エフエム宮崎』でアナウンサーになっていた。

ボートハウスのトレーナーにジーンズ、裸足《はだし》にスニーカーを履いてトヨタMR2という二人乗りのスポーツカーを乗り回していた。

「それにしても、凄いですねぇ。なかなか娘さんがアナウンサーって人はおらんですもんね」

「うん、そうやねぇ。別に特別な教育をした訳でもねぇとにアナウンサーになったがねぇ。ウチはお母さんが日本舞踊の師範やし、俺も子どもの頃弁論大会で優勝をしたことがあるかい、言ってみれば芸能一家ではあるよね」

「そしたら、雄二君も将来はアナウンサーですか？」

父親はまんざらでもなさそうな顔で鼻をひくつかせ、

「そんげなればいいけど、コイツは将来は映画監督になるって言いよるかい、また別の芸能の世界に入るっちゃないやろか！」

と誇らしげに言った。


覚悟はしていたが、高校に入ってからの野球部の練習は想像以上のものだった。

中学までとは違い、上下関係が厳しく先輩とは口を利くことも禁じられていた。

グラウンドでは休む間もなく声を出し、たとえ一歩でも歩くことは許されない。一メートル動くのでも幅跳びの選手のように『タン！』と動かなければ、先輩から「お前、今日、ダッシュせんかったやろうが！」と小言を言われる。

小言ならまだしも、練習が雨で中止になると、教室横の廊下にずらりと寝転んだ三年生を一時間マッサージしたあと、部室に帰り、二年生からの説教タイムが始まる。

「最近、練習を怠慢《たいまん》しちょるかもしれんと思うヤツは正座しろ！」

教室と同じくらいの広さの汗臭い部室。

長椅子に座っていたオレたち一年生は、それぞれ顔を見合わせ、正座しないと状況が悪くなるというのを察して一斉に床に膝《ひざ》を擦り付ける。

「あら？　全員、練習に気合が入っちょらんとか！　ちゃんとやれよ！　そしたら、最近、俺はグラウンドをちゃんとダッシュ出来ちょらんと思うヤツは右手を挙げろ！」

もちろん、これも全員が挙げる。

挙げなければ、お前はあのときあーだった、こーだったと説教の集中砲火を浴びることになる。ここは、みんなに従って右手を挙げなければ。

「今度は、俺は最近、声が出ちょらんかもしれん！　と思うヤツは左手も挙げろ！」

一年生部員二十人が衣擦《きぬず》れの音とともに一斉に左手を挙げる。

正座に両手を挙げたままのオレたちは、十分、二十分と時間が経《た》つに従って、頭に血が行かなくなって酸欠状態となりバタバタと倒れて行く。

だから、雨は嫌いだった。天気予報なんて見るのも嫌だった。


そんな青春を過ごしていながらも、わずかに見える光は、別れるはずだった美雪からの電話と、学校帰りの『セントラル会館』だった。

日向学院は、宮崎市のど真ん中、街の繁華街までおよそ一キロの場所にあった。片道六キロの自転車通学をしていたオレは、野球の練習が終わると、ちょっとだけ下校の道順を脱線して、映画館めぐりをして家路へと向かっていた。

「薬師丸ひろ子は今年『探偵物語』と『里見八犬伝』に出るっちゃ！」

薬師丸ひろ子は、前の年、大学受験をするために芸能活動を休止していた。

『セーラー服と機関銃』の大ヒットで国民的スターとなり、オレたちの世代で薬師丸ひろ子を知らないヤツなんていないという存在になっていた。

「あんたが来ると思って、1番の番号を取っちょったよ」

宮崎東映のおばちゃんが『探偵物語』の前売り券をオレに渡してくれた。『0001』の通し番号が振ってある前売り券。

「ホントや！　1番やわ。おばちゃんありがとう！」

「あんたくらい映画館に来る子はおらんかいね。今度、薬師丸ひろ子の映画が来たら、あんたに前売り券をプレゼントしようって思って待っちょったとよ」

「えっ！　おばちゃん、これくれると？」

「うん。ポスターもあるかいね」

いつの間にか、オレは宮崎の映画館の名物小僧になっていた。どこの映画館にも知り合いのおばちゃんがいて、みんなオレと話すのを楽しみにしている。もちろん、オレもおばちゃんたちから昔の映画の話を聞くのが楽しみだった。

「おばちゃん、オレ映画監督になろうと思っちょるかい、オレの映画を宮崎でやるときは、おばちゃんとこにオレが前売り券をプレゼントに来るかいね！」

皺《しわ》だらけの顔をしたおばちゃんは、本当に嬉しそうに微笑み、

「そんげなことがあったら、おばちゃんはもう死んでもいいわ！」と言った。

オレの部屋に、また薬師丸ひろ子のポスターが増えた。

近所の月見ケ丘書店で映画雑誌『ロードショー』『スクリーン』『バラエティ』を定期購読。勉強そっちのけで憧れの、映画の世界へとのめり込んで行った。

「映画を作ってみたい」

雨の日に説教する立場になった。後輩が入って来たのだ。

オレは高校二年生になっていた。相変わらず、勉強など一切せず、教科書はいつも学校の机に入れっぱなしだった。

中学二年でキスをしたにもかかわらず、美雪とはまだ初体験を済ませていない。プラトニックのまま。興味と言えば、映画と美雪の身体だけ。中学時代同様、「映画のことなら横山に聞け！」だけが、オレの存在意義だった。

そんなある日、音楽の授業に新しい先生がやって来た。全校集会が行われた朝、校長のアルゼンチン人、ウンベルト・カバリエレが片言の日本語で、

「オンガクノ、センセイガ、ビョウキヲシタノデ、センセイガ、アタラシク、ナリマス」

とガリガリに痩《や》せたひ弱そうな先生を紹介した。

河村《かわむら》と名乗る歩くマッチ棒みたいな男は、少し照れながら頭を掻《か》き掻き、小さな声で
「よろしくお願いします」とだけ言った。

河村先生は見た目の貧弱さとは違い、思いのほか骨のある人で、

「音楽と言えば歌謡曲と思っている君たちに、音楽の授業をやるつもりはありません」と言い切った。そして、

「せっかくこれだけの人が集まっているんです。クラスのみんなで映画を作りましょう！」と声高らかに宣言した。

「えっっっっ～映画！！！」

教室中がざわつく中、オレは身体全体に鳥肌が立った。いや、正確には、もうほぼ鳥だった。

クラス中の生徒が一斉に、一番後ろの席にいたオレの方を振り返った。

「そしたら監督は横山やわ」誰かが言った。

河村先生は、教卓に貼《は》られた座席表で席と名前を確認したあとチョークを持った手でオレの方を指し、「横山君は映画が作れるのかな？」と尋ねた。

「イヤ、作ったことはないんですが、一応、映画が好きで、将来の夢は映画監督だったりします」と言うと、みんなが「うぉ～」と叫び声を上げたあと、クラス中に拍手が鳴り響いた。そして、その拍手はしばらく続いた。

オレは心の中で校長のウンベルト・カバリエレより片言の独り言を呟《つぶや》いた。

「オレ！　カントク、デキル！」

人生初の映画作りがスタートした。

撮影は週に一度、水曜日の五時間目と六時間目の音楽の時間と放課後。まずは脚本を書かなければならない。大まかなストーリーを決め、それから具体的に進めていく。主人公を誰にするのかで、クラスみんなを統率出来るかが決まりそうだ。学園物の設定にして撮影場所を学校の中だけにしたいが、他のクラスの生徒が邪魔しに来ないとも限らない。とにかく、なにからなにまで初体験。撮影機材も、我が家にあるビデオカメラを学校まで持って来なければならなくなった。

映画を観るのは好きだったが、ビデオカメラの撮影方法は分からない。早速、家に帰り即席のビデオカメラ講習会が開かれた。

「お父さん。ウチにあるビデオの撮り方を教えてくれんか？」

「なんすっとか？　結構、難しいぞ」

「今度、学校で映画を作るとよ。で、オレが監督に選ばれて、撮影もせんにゃいかんようになったたっちゃわ」

父親は色めき立った。

「お前が映画監督をすっとか！」

「うん。スゲエやろ！」

父親は、自分でもうろ覚えのベータのカメラを専用バッグから取り出し、分厚い取扱説明書を見ながら、ピントは一度、アップにしてからズーム棒で調整すること。露出は空をファインダーから外してとること。ホワイトバランスってのがあって、白い紙を画面いっぱいに映し出して調整すること。いろんなことを教えてくれた。

「お父さんも、お前の野球を撮るためだけにビデオを買ったかい、室内での使い方とかがよく分からんかい勉強しちょってやるわ。それで、お前はどんげな映画を撮るつもりやとか？」

「うん。まだ全然決めちょらんちゃけど、今んとこ、転校生が学校にやって来て不良やらに絡まれたりするっちゃけど、ソイツの人柄にみんなが惹《ひ》かれ出して、少しずつ仲間が増えて行って最後にはクラスの人気者になる話にしようと思って」

「いい話やねえか。映画監督はお前の夢やかい頑張れよ。なんかあったらお父さんも協力するかい」

ストーリーは最近観た二時間ドラマをモチーフにした。

作品のトーンは今年公開されたばかりの映画『家族ゲーム』みたいにしたい。ドタバタした感じではなく、クールなイメージ。なんだか、その方が『センスがある』って思われると考え、作戦を立てた。

ある程度のプランを決め、意気揚々と登校すると野球部の野元《のもと》が、撮影の噂《うわさ》を聞き付けてニタニタしながら近付いて来た。

「雄ちゃん、今度、B組で映画を作るっちゃろ。ってことは女子高やらに頼んで女の子が撮影に来たりするとや？」

正直、なんのことだとは思ったが、殴られたってくらいの衝撃だったことは間違いない。

そうだ、ウチの高校には女子がいない。

いくら男子校が作る映画とはいえ、今まで男しか出ない映画なんか観たこともない。万が一あったとしても、そんな映画観たくもない。なぜ、そんな単純なことに気が付かなかったのか。愕然《がくぜん》とした。

「女、どうする？」

脚本は難航を極めた。

夜、『オールナイトニッポン』を聴きながら、机に向かって真っ白なノートを見つめるだけの日々が続いた。映画の神様・角川春樹ならこの難題をどう切り抜ける？　遅々《ちち》として進まない脚本作りを部屋の壁から薬師丸ひろ子が微笑んで見ていた。

女がいない問題は深刻過ぎた。考えるには考えるが、なにも浮かばない。男だけで作れる映画、そんな話があるんだろうか。

母親は悩み続ける息子に「また、今晩も勉強せんで映画のことを考えちょっとね。呑気《のんき》なもんじゃね」と夜食のうどんを作り続けた。

あまりのシナリオの進まなさに、マッチ棒河村が痺《しび》れを切らした。

「横山君。そろそろ撮影を始めてもらいたいんだけど、映画の構想はどのくらい進んでる？」

マッチ棒が怪気炎《かいきえん》を上げてから、もうかれこれ二ヶ月が過ぎようとしていた。

その間、河村先生は音楽シーンにおけるビートルズの偉大さを記録映画で紹介したり、一本数万円もする和製ロックバンドRCサクセションのライブビデオを自腹で買ってきて生徒に観せたりして撮影が始まるのを首を長くして、いや全身を首のようにして待っていた。オレは正直にこれまで思案し続けたことを話し、

「ストーリーは大体考えてあるんですけど、男子校なので女の子がいないってところで行き詰まってます」と『犬神家の一族』のスケキヨのような表情で言った。

すると、マッチ棒河村は笑いをこらえきれず噴き出したあと、

「ふーん。そうなのかぁ。それは大変な問題だねぇ。でも、男子校の話なんだから、女の子はいらないいんじゃないの？」と職員室中に聞こえるような声で伸びやかに言った。

衝撃だった。凄い説得力だった。

「そうだよなぁ、男子校だから女いらないよなぁ」

問題は、すぐに解決した。なぜ、オレは今まで先生に相談しなかったのか。

「女なんか、いらねぇんだ！　女がどうした！」

「ヨーイ！　スタート！」

音楽室にオレの第一声が響き渡った。

いよいよ、オレの監督デビュー作の撮影がクランクインしたのだ。

三脚に慣れないカメラをぎこちなく付け、録画機にベータのテープをセット、オレはモノクロのファインダーを覗《のぞ》きながら演技指導をした。

主人公はクラスナンバーワンの美男子・戸高《とだか》に決めた。幼稚園の学芸会と同じで、顔で選べば誰も文句を言わないだろうと考えたからだ。

しかし、やる気満々のオレに対し、クラスのみんなはお祭り気分。気安いものでセリフを言っては照れて笑い、芝居をすれば大爆笑。まともなシーンなどワンカットも撮れる雰囲気ではなかった。

意気込んでいたオレは、自分のやり方や夢を馬鹿にされているようで苛立《いらだ》った。

主役の戸高も元来の恥ずかしがり屋に加え、クラスみんなの好奇の目にさらされ、それはそれは無残な演技だった。

「戸高！　こんままじゃ撮影がいつまで経っても終わらんかい、もうちょっとちゃんとやってよ」

「雄ちゃん、ごめん。じゃけど、みんながからかうかい、どうしても笑ってしまうとよ」

「そこを頑張るのが主役やわ。戸高がちゃんとやってくれんと、みんながふざけたままでいつまで経っても完成せんよ」

撮影で使うカメラと録画機は毎週水曜日の昼休みに、母親が車で運んでくれていた。学校の駐車場でトランクから機材を取り出すとき、いつも母親は「監督、頑張りなさいよ」と声を掛けた。

学校のみんなにそんな姿を見られたくないオレは、悪いなぁとは思いながらも「分かったが、いいかい早く帰んないよ！」と邪険に追い返していた。

初夏に始めた撮影は晩夏《ばんか》となり、まもなく初秋を迎えようとしていた。オレは水曜日が憂鬱《ゆううつ》になっていた。そして気持ちもすっかり萎《な》えていた。オレの気持ちが萎えると同時に、音楽の時間はクラス全員にとってただの遊び時間になった。

「横山君、君が撮影を一人で切り盛りして大変なことは分かってるから聞きにくいんだけど、映画は学園祭までに間に合うかな？」

これまでほとんど撮影に口を挟まなかったマッチ棒河村が音楽室にオレを呼び出した。

「今、まだ三分の一くらいしか撮れてないんですけど、三年生が抜けて、野球部が新チームになったから、映画のことは、もうあんまり出来んかもしれません」

嘘をついて取り繕うつもりだったが、真《ま》っ直《す》ぐに真剣な表情でオレを見る先生を前にして、ふいに涙がポロポロと零《こぼ》れた。悔しかったたし、申し訳ないと思った。でも、もうこの状態から正直逃げたかった。

半年近くも頭を下げてお願いをしたり、声を荒らげて憤ったり、孤軍奮闘した。父親や母親まで巻き込んで行った映画撮影。この期に及んで、一緒に頑張ってくれる友だちは恥ずかしながらもういなかった。

「野球部が……」なんて嘘っぱちだ。もうオレはやりたくなかった。毎週、撮影の日が来るのが怖かった。泣きながら立ち尽くすオレに、先生は、

「実は、病気をされてた中根《なかね》先生が学園祭のあとくらいに帰って来られることになって、先生、もう少しでこの学校を去らなきゃいけなくなったんだよ」

と申し訳なさそうに言った。

「先生、すみません。学園祭には間に合いません。もう撮影したくありません」

そう言うと、肩の荷が下りたと同時に、先生や親の期待を裏切った気がして、一層涙が止まらなくなった。

『あっ！　異常物語』と名付けられた映画の撮影は未完のまま幕を下ろした。

オレが意気込んで臨んだ監督デビュー作は完成しなかった。残されたのは、クラスのみんながへらへら笑って机を蹴《け》ったり、胸倉を摑《つか》んだあと大笑いしている一時間分のビデオテープ三本だけだった。


夏の県大会。

ベスト4まで進出した三年生は『学院旋風』と宮崎日日新聞のスポーツ欄にデカデカと記事を残したあと、去った。

遂《つい》にオレたちの時代がやって来た。三年生に交じってレギュラーを獲っていたショートの湯地《ゆじ》とレフトの山口《やまぐち》、そしてピッチャーの鈴木《すずき》とともにいよいよ甲子園を目指す。

入学時、野球特待で入ったのは十人だったが、うち三人はすでに野球部から姿を消していた。小学校の少年野球時代からセンターを守っていたオレは、外野の空いた二枠の中に滑り込まなければならない。

「なんとしてもレギュラーになる！　そして甲子園に行く！」

美雪から電話が来た。

受話器を取った母親が「あら久しぶりやね。元気にしちょる？」と1オクターブ高い声を出した。

美雪とは、まだ別れていなかった。お互いに思い出したように電話で声を聞き合い「学校はどう？」とか「部活の調子は？」などとたわいもない話を続けていた。

「雄ちゃん、いよいよ野球部最後の一年が始まるね。悔いが残らんように頑張らんといかんね」

「うん。美雪は今、どんげなことしちょっと？」

「私は、簿記会計って授業があるっちゃけど、それが苦手で。銀行に入ったら毎日こんげなことをせんといかんとかと思ったら就職するのが面倒臭くなっちょっとよ」

いつもは前向きな美雪が珍しく泣き言を言った。

「へぇ。そうやっちゃ。でも、美雪はスゲエね。中学の頃から目指しちょるもんがあって、もうすぐそれが実現するっちゃろ。美雪が働き出すとか、オレ想像も出来んもん」

「うんにゃ、私は雄ちゃんの方がスゲエと思っちょるよ。だって、私の周りはなりたいものじゃなくて、なれそうなものになるって感じやもん。雄ちゃんは、将来映画監督になるって夢、まだ変わっちょらんちゃろ？」

「うん。一応、そうやけど」

「私は、雄ちゃんを格好良いって思うよ。誰もなれそうにない大きな夢を、ちゃんと人に言えるっちゃもん。そういうの照れ臭いし勇気がいることやもん」

そう言われると居心地が悪かった。

オレは、ただ決めきらない漠然とした夢を相も変わらず逃げ口上のように口走ってるだけなのに。

「人になにかを伝えるって凄く大切なことやと思う。そして、その言葉で聞いた人にも『よし！　私も頑張ろう！』って思わせる。私、雄ちゃんは凄い才能があると思うよ。好きで良かったたって思っちょるもん」

父親譲りの危機管理能力というか雄弁《ゆうべん》さで、これまでいろんな話をしてきたが、今日ばかりは就職活動を来年に控えた美雪に申し訳ない気分になった。

「オレは将来なんになるんだ？」


へばりついた土が身体中でザラザラとしていた。

拭《ふ》いても拭いても流れてくる汗に、目は真っ赤に充血していた。

「とにかく食べろ。吐くまでは身体に栄養が行くんだから」そう言われても、水以外はなにも口にしたくなかった。

グラウンドに立っている理由は、わずかばかりのプライドと来年の今頃、甲子園で校歌を歌う。それだけだった。バットスイングで手の皮はめくれ、汗で濡《ぬ》れたストッキングからは血が滲《にじ》んだ。もう一歩も動けないと思っても空に向かって「もう一丁！」と叫んだ。

夏の合宿を終え、季節は秋を迎えようとしていた。

はっきりとした輪郭《りんかく》を見せていた入道雲もゆるやかに散らばり、青々と茂っていた木々も寒さへの準備を始めていた。

野球部の練習は厳しさを増し、レギュラー争いも佳境《かきょう》に入っていた。この一年で、小学校から目指してきた夢の甲子園出場が決まる。そのベンチのメンバーにどうしても一桁《けた》の背番号で選ばれたい。レギュラーを獲りたい。これまで、なにごとに対しても最後の最後までやり遂《と》げる感覚を持ち合わせていない自分を鼓舞しようと、オレは一大決心をした。

「お母さん、オレ明日から学校までユニホーム着て走って行くわ」

晩ご飯の支度をしていた母親は呆《あき》れた表情を見せた。

「車で行っても十五分か二十分掛かるとに、走って行ったらあんたどんくらい時間が掛かると思っちょると？」

「一時間くらいで着くっちゃねぇと」

「ただでさえあんたは、お母さんが何回起こしても自分でよう起きんとに、お母さんはあんたを起こすのに一苦労しちょっとよ。お母さんは起こさんよ」

「自分で起きるかい大丈夫やが」

「あんたが一人で起きられる訳がねぇがね」

「一人でちゃんと起きるかいホントに大丈夫やが、お母さんは信用せんよ」

「あんたはお父さんに似て口ばっかりやかい、お母さんは信用せんよ」

腹は立ったが、母親の言う通りではあった。小さい頃から『有言実行』とは無縁の性格だった。

小学一年生のとき、我が家にやって来た捨て犬・太郎《たろう》の世話もあっという間に面倒臭くなり母親任せにしたし、中学生のとき自分で決めた毎日百本の素振りをする！も夏の台風到来とともに一ヶ月ほどで終止符を打った。ついこの間だって、マッチ棒河村に任せられた映画製作を途中で投げ出したばかりだ。

「お父さん、また雄二が大きい銭湯《せんとう》みたいな話をしちょるよ、お父さんもよく聞いちょってよ」

庭で地鶏《じどり》を焼くため七輪に火を熾《おこ》していた父親がウチワ片手に身を乗り出した。

「それは、どんな意味か？」

「大きな銭湯よ。湯ばっかり！　雄二は言うばっかりやわ」

「分かったわ！　したら明日かい、もうお母さんには頼まんわ！」

父親は「うんにゃ、こりゃいかん。七輪にはなかなか火が付かんけど、お母さんに火が付いたが！」と笑った。


翌朝。母親によって綺麗《きれい》に畳まれたユニホームに袖《そで》を通し、部屋を出た。この一年の自分の頑張りが人生を変える。最後の夏の大会まで残された日々はわずか三百日ほど。たった三百日でオレの未来が変わる。「いってらっしゃい」と半ばからかい気味の母親に送られて家を出た。オレはやる！


「喉《のど》が渇くのは気合が入っちょらん証拠ぞ！」

三原《みはら》監督の声がグラウンド中に響き渡る。

外野のレギュラー争いは正直、かなりしんどい状態になっていた。

レフトの山口は新チームになる前からのレギュラー、そしてエースとして期待されていた鈴木が肩を壊し、打撃を買われてライトの守備に就くことがほぼ決まっていた。残されていたセンターは一年後輩の泉水《せんすい》が長打力と強肩を売りに、そのポジションをほぼ手中に収めようとしていた。

百七十センチと比較的小柄なオレは、俊足だけが取り柄。足が速くても、塁に出なければ持ち味は発揮出来ない。

「雄二！　球際に強くならんとレギュラーは獲れんぞ！」

容赦のないアメリカンノックが続く。

アメリカンノックとは、外野のライトから走り出し、センターを走り抜け、レフトでボールを受ける。球を掴んだかと思えば、すぐに初めのスタート位置ライトまで、また走り出しノックされたボールを受ける。これをひたすら続ける地獄の練習だ。

三原監督は、以前、化学のテストで0点を取ったオレを一切信用していなかった。

「お前は、なんで試験を放棄するような解答用紙を提出したとか？」

「いや。放棄とかじゃなくって、一問も解けんかったとです」

「嘘つけ！　普通に考えたら0点とか取る訳がねぇやろうが！」

「いや。本当に一問も出来んかったとです」

嘘ではなかった。進学希望が私立文系のオレは、化学なんかどうでもいいと試験勉強をまったくしていなかった。だから、たったの一問も分からなかったのだ。

「こんげなことをされるとな、ただでさえ野球部は進学のレベルを下げるって言われちょるとに、監督として俺の立場がねぇやろうが」

「すみません」

「すみませんじゃねぇよ。化学の手島《てしま》先生も、これやかい野球部は！って俺が責められたやろが！　お前がやったことは、ただテストで0点を取ったってことだけじゃなくて、野球部の信頼を損ねたってことやかいね！」

その事件以来、三原監督は、オレを要注意人物として野球以外の勉強や素行もチェックしていた。「球際が」の言葉は、守備だけではなく、オレのだらしない考え方に向けられた言葉だった。

なんとか、監督の信頼を得たい。そのためには必死に頑張る自分の姿を見てもらうしかない。家から学校まで走ることを決めたのも、その一心だった。

新チームで迎えた秋の大会、オレの背中には12の番号が付けられていた。子どもの頃から初めて付ける補欠の番号。ウインドブレーカーを脱ぐのが嫌だった。三塁ランナーコーチとして大きな声を出し、バッターボックスに入るチームメイトに声援を送る。屈辱以外の何物でもなかった。

そうか、補欠ってこんな気分なんだ。悔しいけれど、ここで腐ったら、元も子もない。ただ黙々と与えられた任務をやりきるしかなかった。ジャンプする前はしゃがむ。今は、しゃがんだ状態だ。ここから大きく飛躍するんだ。自分にそう言い聞かせた。

秋の大会は宮崎日大高校に決勝で敗れ準優勝となった。あと一歩で優勝を逃した悔しさより、オレのいないこのチームで優勝しなかったという結果にちょっとだけ安堵《あんど》した。最後の夏は、絶対に背番号8を獲る。もう、こんな気持ちで野球をするのはコリゴリだ。負けてなるものか！

「雄二、野球はどんげか。レギュラーを獲れそうか？」

晩酌で機嫌の良くなっていた親父《おやじ》が聞いた。テレビの歌番組を観ていたオレは、ちょっと投げやりに「うん。難しいかもしれんね」と言った。

「お前、難しいって言っても特待生で入ったっちゃかい、元々力はあるっちゃろうが」

「うん。あるとかもしれんけど、オレ、監督に嫌われちょっかい、無理かもしれん」

「なんで嫌われちょっとか」

「三原監督は、野球だけじゃなくて、生活態度やらテストの成績とか、全部を評価してレギュラーを決めるかい、オレには足りんところがいっぱいあるみたいやわ」

飲んでいた焼酎《しょうちゅう》をコトンとテーブルの上に置いて、父親がオレに身体を向けた。母親が流し台で洗い物をしている音を弱めた。

「お前は、昔から我が強いとこがあるかい、勘違いされやすいとよね。もうちょっと、チームメイトとの和を大切にしてチームのムードメーカーにならんと、お父さんでもお前は使いにくいねぇって思うところがあるもん」

「そん性格はお父さんに似たっちゃないと」

オレは、まだ歌番組を眺めていた。親父はリモコンでテレビの音を小さくした。

「かもしれんね。でも、お父さんは敵が七人おったら味方も七人おるど。敵もおらんような大人しいヤツはツマランけど、敵には嫌われても憎まれんようにせんと、お前は敵を攻撃するようなところがあるかいねぇ」

「うん。分かっちょる」

「せっかく、今まで頑張って来たっちゃかい、最後は日向学院に入って良かったねぇって思える選手になれよ」

「そんげなことは分かっちょるが、今、学校にも走って行っちょるし、家に帰ってからもバットスイング百本はやっちょるかい、それで駄目やったら仕方がねぇが」

父親はちょっと淋《さび》しそうな表情になった。

「お父さんが中学のときは、野球をやりてぇねって思っちょっても、爺《じい》ちゃんが厳しくて百姓の手伝いをせんにゃいかんかったかい、ちゃんと出来んかったもんねぇ。高校には行っちょらんかい、お前のおかげでお父さんは、初めて高校野球を楽しんじょるわ。最後まで諦《あきら》めずに頑張れよ。お父さんは、お前が三塁ランナーコーチでも最後まで、お前を応援するかいね」

「うるせぇが！　じゃかい、頑張っちょるわ！　今！」

たぶん、初めて父親に大きな声を出して反抗した。子どもにとって、物分かりのいい優しい父親ではあったが、オレは親父が怖かった。

まだ幼い頃、「お父さんが交通事故に遭った」と言われて向かった病院で見た、ベッドに横たわる父親は、明らかにケンカで殴られた顔をしていた。

家にいるときと、外にいるときの父親は違う。本当はケンカっ早いけど、ウチでは優しい父親を演じている。そう思っていた。扉を激しく閉め、階段の音をドカドカと立て、自分の部屋の机に突っ伏した。

無償の応援を続けてくれる親に悪いなぁという気持ちと、親父が怒ってオレの部屋にやって来るんじゃないかという怖さで、頭の中がグルグルした。

「レギュラーになってお父さんを喜ばせたいのはオレの方だ」

親を喜ばせるどころか、親に八つ当たりしている自分に腹が立った。オレ、なんか格好悪いなぁ。情けない。

高校三年の春を迎えた。希望する進路と書かれたプリントには大学進学と書いた。

学校での成績は二百人中一九八番。

最下位が野球部の鈴木で、その上が同じく野球部の茶木《ちゃき》、そしてオレはまたその上。クラスの仲間たちは鈴木・茶木・横山、この三人を『魔のクリンナップ』と呼んでいた。

元来、粘り弱いのに、しつこい性格のようで相変わらず美雪とは付き合っていたし、映画に対する情熱も冷めていなかった。美雪とは、付き合っていると言っても二年生のときに会ったのは二度ほどで、電話で近況報告をするペンフレンドならぬ、テレホンフレンドみたいな関係だった。それでも、中学高校と同じ時間を共有し、誰にも話さない未来への夢を語り合っている点だけで『彼女』と位置付けられていた。

神風が吹いた。

センターを守っていた後輩の泉水が足を骨折したのだ。登校中、不注意で交通事故に遭い、車の下敷きになって右足を折ってしまったのだ。全治三ヶ月。

これまで家から学校までを、どんなに眠くしんどくても、雨の日も風の日も走り、初めて三日坊主を克服していたオレに、神様から、いやご先祖様からのプレゼントだと思った。

小さい頃、死んだ爺ちゃんがいつも得意気に話していた。

「ご先祖様はいつも見ているよ」と。

地道に頑張っていれば、きっと誰かが見ていてくれる。

「日本人は無宗教だと言われるが、悪いことをすれば世間様が許さないと言い、人が見ていないところでもお天道《てんと》様が見ていると言う。これは立派な宗教の精神だな」

そう言えば親父の口癖も「雄二！　ご先祖様に感謝しろよ！」だ。

泉水には悪いが、久しぶりに家にある仏壇に手を合わせた。

「ご先祖様、泉水を骨折させて下さり、ありがとうございました」

かくして、オレの部屋に念願の背番号8のユニホームがやって来た。


夏の全国高校野球、宮崎県大会。シード校の我が日向学院は、抽選で宮崎実業と戦うことが決まっていた。

テクニクスのステレオから薬師丸ひろ子が『元気を出して』と歌っている。

言われなくても、オレはすこぶる元気だ。なんと言っても、高校最後の夏をレギュラーとして迎えるのだ。二月に発売されたばかりの『古今集』、薬師丸ひろ子初のオリジナルLP。鼻歌が止まらない。

勉強机で今月も届けられた雑誌『バラエティ』を穴が開くほど凝視する。

今月も、ひろ子ちゃん情報満載だ。誌面によると、この夏に公開される映画『メイン・テーマ』の撮影が終わったらしい。楽しみだ。同時上映は原田知世主演の『愛情物語』。

監督はもはや自分にとって『神』となっていた角川春樹だ。

角川春樹は、一九八二年の十二月、映画『汚れた英雄』でプロデューサーとしてだけではなく監督デビューも果たしていた。

野球の練習前にウチに遊びに来ていた山口が映画雑誌『ロードショー』を眺めながら、「雄ちゃん、今度の薬師丸ひろ子の映画、最後の夏の大会とスケジュールが一緒やね」と言った。

「うん。すぐに負けたりしたら観られるけど、たぶん甲子園に行くやろうかい、ひょっとしたら初めて薬師丸ひろ子の映画を見損ねるかもしれんねぇ」

「そんときは、甲子園の選手インタビューで『薬師丸ひろ子さんのおかげで打てました』とか言って目立たんにゃいかんね」

「そんげなこと言える訳がねぇがね。でも、甲子園に出たらホントに薬師丸ひろ子がテレビでオレを見るかもしれんかいね」

「俺は、インタビューに呼ばれたら小泉今日子に『キョンキョン好きだ』って叫ぶわ。じゃかい、雄ちゃんも絶対に薬師丸ひろ子のこと言いないよ！」

「お前、ホントバカやね」

山口とは中学時代から野球部のレフトとセンターで、ずっと一緒だった。

中学三年生のとき、体育祭でオレが応援団長、山口が副団長。オレが学校に走って行き出す前は、二人で仲良く自転車を並べて通学する仲だった。

「あれ、誰やったっけ、雄ちゃんが尊敬しちょる映画の人」

「角川春樹や？」

「うん。そん人にも『角川さん、映画監督にして下さい』って選手インタビューのときにアピールせんにゃね」

無邪気に笑いはしたが、そうか、そんな手があるか！　とも思った。

甲子園に出場出来れば、有名大学への推薦がある。それはもう高校の野球部員にとって、夢のような魔法のチケットだった。実際、四年前に甲子園に行った先輩たちは名だたる大学に進学していた。甲子園に出たい。いや、甲子園に出られさえすればいい。甲子園は夢へのステージだ。


一九八四年七月。

セミの鳴き声さえアルプススタンドからの声援に聞こえる猛暑。遂に最後の夏がやって来た。

決戦の舞台は日向学院から自転車でわずか十分の宮崎県営野球場。いつも練習が終わったあと、オレが『セントラル会館』に向かう途中にある。ここは、その昔、読売ジャイアンツのキャンプ地として使用されていた。

今でこそ新しく出来た市営球場に巨人はキャンプ地を移したが、宮崎の野球小僧の聖地であることに違いはなかった。朝、新聞を見るとスポーツ欄には『いよいよシード校・日向学院登場！』と大きな見出しが出ていた。

出場全選手の名簿に、自分の名前を見つける。生まれて初めて、新聞に自分の名前が載った。『背番号8　横山雄二』。美雪や小学校、中学校の同級生も、この記事を見てくれているかな？

家から学校までの六キロの道のりを走り続けていたオレは、最後の夏の調整に入ってからは走るのを止めていた。生まれて初めての有言実行だった。

もうすぐ、ベンチ入り選手の発表というある日、オレは三原監督から体育教官室に呼ばれていた。嬉しい知らせかな。それとも、イヤな知らせかな。正直、戸惑った。

三年生の教室から渡り廊下を歩いて、体育館のすぐ横に教官室はある。ノックをして、部屋に入ると、机に正対していた監督が、椅子をくるりと回して、オレを見た。

「お前、結局、ウチの高校に入って、一回もレギュラー番号が貰《もら》えんかったな。どんげな気持ちやったか？」

「はい。努力と実力が足りんかったから、仕方がないって思ってました」

「そうか。でも、お前は、三年になってかいいっぱい頑張ったっちゃねえとか」

「はい。ここで頑張らんと後悔をするかもしれんと思って」

「学校まで走って来んかったとは、正月くらいか？」

「えっ？　監督、見ててくれたんですか？」

「そりゃ、お前、朝かい自分の学校のユニホームを着たヤツが通学路を走っちょったらイヤでも目に入るやろが」

三原監督は笑った。ひょっとして、この人が笑うところを初めて見たかもしれないと思いながら、一言一言、慎重に答えた。

「いえ。他にも、何回か自転車で来たことがありました」

「補欠で過ごした時期は、どんげな気分やったか」

「はい。正直、レギュラーが羨《うらや》ましかったです。バッティング練習も大会前になるとレギュラーしか出来んし、ノックも補欠だと受けられない。練習とか試合とかが終わって、補欠の仲間だけで集まって、ティーバッティングしたり、守備練習をしたり、野球をやり出して初めて補欠になったから、辛《つら》かったです」

「補欠の気持ちが分かったか。大変やったやろうが」

「はい」

「そん気持ちを、最後の大会でぶつけろよ。補欠の代表ってことで、お前に背番号8を渡すかい」

「ホントですか」

監督は、一瞬、ニヤリとこっちを見た。

「最後に聞くけどよ、お前、本当に化学のテスト一問も分からんかったとか?」

「はい。本当になんにも分かりませんでした。実力で一問も解けませんでした」

監督は日に焼けた真っ黒な顔から、白い歯を見せて大声で笑った。そして、

「雄二! 夏の大会、頼むぞ! よし。以上!」

と言うと、また机に正対した。

最敬礼をし、スキップしたい気持ちで体育教官室を出た。先生に怒られないように、すり足で廊下を走った。

後ろポケットに入れられたポパイの赤い財布から十円玉を取り出して、すぐに職員室の前の赤電話に向かった。家に電話をした。しかし、何度コールをしても誰も出ない。

こういうときに限って、留守なのがウチの家族だ。タイミング悪いんだよと受話器を置きかけた瞬間、かすかな声で「もしもし」と聞こえた。

「お父さんや! オレ、雄二。最後の夏の大会、レギュラーになった! 背番号8を貰えたわ!」

「ホントか! やったやねぇか。おーい、お母さん! 雄二が背番号8を貰ったとと!」

遠くから母親の声で「雄二君、おめでとう! 良かったねぇ」と聞こえた。

このレギュラーは家族全員で貰えた背番号の気がした。

頑張ったら、全てが報われるとは限らない。でも、頑張っておかないと、せっかく来たチャンスを逃してしまう。オレは、目の前を通り過ぎそうになっていたチャンスを、ギリギリのところで摑んだ。チャンスは、いつも自分のすぐ近くを飛び回っているのだ。

試合当日の朝。同級生たちは、糊《のり》の匂《にお》いがしそうなほど綺麗にクリーニングされたユニホームに身を包み、グラウンドに勢揃《せいぞろ》いしていた。

まだ、幼さの残る、高校一年から共に戦ってきた仲間だ。一緒に大声を出しながら球拾いをし、朝早く登校して、グラウンドにトンボを掛け、授業中、汚れたボールを消しゴムで磨き、先輩からの説教に耐え、夏の合宿ではグラウンドにヘドまで吐いた。レギュラーになれずに、みんなのことを疎ましく思っていた時期もあるが、ここに集まった仲間は、間違いなく戦友だ。

「今日、負けたら、もうここで練習することもなくなるっちゃね」

キャプテンの湯地が言った。

「相手は宮崎実業やかい、負ける訳ねえがね」

サードの安藤《あんどう》が笑った。

「甲子園、行きてえね」

ファーストの野村《のむら》が大きな声を出した。

その横に、三年生で一人だけ胸に『日向学院』の文字がない富永《とみなが》がいた。

胸が熱くなった。オレ、いっつも、コイツに愚痴を零していた。練習が終わったあと、いっつもコイツにティーバッティングの球上げをしてもらっていた。富永はベンチに入れなかった。オレは富永に歩み寄り、握手をすると「ありがとう。絶対、甲子園、一緒に行こうな」と言った。

富永は真一文字に結んだ口から、少しだけ笑みを浮かべた。みんなと甲子園に行きたい。あの、憧れの青空を見たい。甲子園で校歌を歌いたい。そのために、グラウンドで今まで頑張って来た全てを出し切りたい。オレは燦々《さんさん》と太陽が照りつける雲一つない空に向かって大声で叫んだ。

「みんな、しまって行こう‼」


それから三時間後――。

涙に暮れるオレたちが、綺麗にトンボが掛けられたグラウンドに戻ってきた。

あっけないものだった。試合は、序盤からノーコン投手の悪球に手を出し、のらりくらりとかわされるうちに、すっかり相手のペースに引きずり込まれ、先制点を許したあとは見るも無残な展開となった。４対１。シード校、日向学院はあっさりと姿を消した。

いつも説教をしていた二年生が泣いている。雨の日にマッサージをさせた一年生も泣き崩れている。もう、ここで足が上がらないほどのノックを受けることも、手の皮がむけるほどバットを振ることもない。

小学四年生から始めた野球。九年間、夢を見続けた甲子園。ビックリするほどあっと言う間に全てがなくなった。

なんだか、儚《はかな》いなぁ。世の中には経過よりも大事な結果ってものがあるんだ。勝負は結果が全てなんだ。オレは、嗚咽《おえつ》する富永の顔を見ることが出来なかった。

夢のチケットを取り損ねたオレたちのその後は、悲惨なものだった。わずか半年で大学入試がやって来るのだ。

「計算が完全に狂ったよねぇ。あそこで雄二が送りバントさえ決めちょけば、あん試合は勝っちょったと思うっちゃけどねぇ」

「そんげなことよりも、一回に三塁コーチの大久保《おおくぼ》が、回せば絶対セーフやとに、ランナーを止めたかい流れが悪くなったとよ」

「甲子園にさえ行っちょれば、六大学が待っちょったとにねぇ」

野球部の大学受験は、ほぼ全滅だった。

力が出せなかった最後の夏の試合と比較をするのもなんだが、まずもって、そもそもの学力がない。誰も、出すべき力を持ち合わせていなかった。オレに至っては滑り止めの推薦入試にも落ち、もう雪崩状態。

十二校受けて、結果、試験が面接重視だった福岡の第一経済大学だけが合格の通知をくれた。東京で華やかなキャンパスライフを！　と思っていたのに、なぜだかオレは六畳一間の太宰府のアパートにいた。

学問の神様・菅原道真公を祀《まつ》った太宰府天満宮のすぐそばのアパートに、学問から見放された十八歳のオレの住まいがあった。

世の中とは無情なものだ。手を合わすのも嫌になる。

美雪は中学生からの夢『宮崎銀行』に無事入社した。見た目の雰囲気は、ふんわりした、いわゆる今風の女の子なのに、自分が思ったことをやり通す頑固さだった。そして、高校時代、夢見ていた美雪との初体験、甲子園、将来の道筋は、全て叶わず大学へ持ち越しとなった。


親元から初めて離れて暮らす大学生活は、不便さと快適さが同居しているようで刺激的だった。入学前、一緒にアパートを探しに来た親父は、

「あんだけ落ちて、唯一、合格させてくれた大学やかい、絶対に縁があるわ。ご先祖様に感謝せんといかんね。お父さんは、こん大学に運命を感じるわ」

と、まさに他人事《ひとごと》のような感想を述べて、宮崎に帰って行った。

母親は「淋しくなるねぇ」と言ったきり目頭を押さえると、そのまま車に乗り込んだ。

二人の乗った車を見送って、アパートの階段を昇りながらオレは「一人暮らしかぁ」と大きく背伸びをした。

# 第二章　夢の映画監督

「シネマサークルに入るには、ここでいいですか？」

迷うことなく、倉庫のような部室に足を運んだ。

大学に行ったら映画研究部に入る。もう野球は高校で終わりだと決めていた。映画こそが、オレの生きる道。自分には培ってきた知識と無限の才能があると信じていた。だから、自分の中でだけ『将来の大物監督登場！』と部室の扉を叩《たた》いた。

迷彩服に身を包んだ一見強面《こわもて》の男が薄暗い部室の中、きっと盗んできたんだろうコカコーラの真っ赤な木製のベンチに座っていた。ここは倉庫なのか？　それとも部室なのか？

男は「二年生の藤本《ふじもと》です」と告げると、待ってましたとばかりに目をギラギラさせて、ボロボロのノートを差し出した。

「新入生だよね？　ここに学籍番号と名前、そして住所を書いてくれるかな。それと、部費が月に千円だけど、払える？」

「はい。大丈夫です」

「ウチはね、いわゆる映画研究部だけど、映画を観《み》るんじゃなくて、作るサークルだからエキストラしてもらったり、カチンコ打ったり、照明もやらなきゃいけない。あと脚本を書いてもらったりしなきゃいけないけど、出来る？」

藤本さんは嬉々《きき》として話した。

「はい。高校時代に、一度、ビデオで映画を作りかけたんですが途中でとん挫《ざ》してしまったんで、僕も出来れば作りたいって思ってました」

「そうなんだ、俺はねホラー映画を作りたいって思って、ここに入ったんだけど、なかなかゾンビ役がいなくって、今度クランクインしたら、早速だけど撮影に協力してね！」

撮影という言葉に胸がときめいた。

子どもの頃から野球一筋の生活。それが、大学に入って初めて話した先輩の口から映画用語がポンポン飛び出す。これからの四年間がキラキラしたものに感じた。

シネマサークルは活発に映画の撮影を行っていた。福岡の大学の中では、お手軽特撮で名の知れた大学で、テレビドラマ『必殺シリーズ』や『仮面ライダー』。プラモデルと実写を合成させた、戦隊ヒーロー物のパロディーなどを作っていた。

藤本さんは異端児なんだな。シネマサークルには、おかしな人がたくさんいた。

「お前の言うことなんか『糠《ぬか》に釘《くぎ》』『暖簾《のれん》に腕押し』よ」と会話のほとんどにことわざが入る二年生の久間《ひさま》さん。高校時代に作った8ミリ映画が、アニメ雑誌『アニメージュ』で特集された三年生の鷲山《わしやま》さん。部屋の灰皿がなぜか水が入った巨大なポリバケツという二年生の田中《たなか》さん。そして、毎朝、オレの部屋に来て広島カープの髙橋慶彦のLPレコードを聞いてから学校に行く同級生の内藤《ないとう》。その他、一癖も二癖もあるような面々が日々、十分から十五分の短編映画を作っていた。

ようやく学校の雰囲気にも慣れて、出席を取る授業と取らない授業が分かって来た五月。『新入生歓迎映画』なる作品のシナリオ会議が、放課後の静まり返った教室でほぼ全部員の三十数人を集めて行われた。

「今回の映画は部費の関係で製作費は五万円から七万円以内で作れる作品とします。十一月に行われる学外上映会での目玉作品にもなるので、みんな慎重に検討してもらえればと思います」

部長の鷲山さんが威厳たっぷりに言った。

「それでは、みんながそれぞれ持ち寄った脚本を、一人五分くらいで説明して下さい」

副部長の深野《ふかの》さんが続けた。

8ミリ映画はお金が掛かる。一本のフィルムで撮影出来る時間は三分二十秒。フィルム代は一本千七百円。それに現像代が七百円。わずか三分ほどに二千四百円近くのお金が必要となる。

しかも、一本のフィルムを丸々使える訳ではない。「よーい！　スタート！」の直前からカメラを回し始め「カット」の声でカメラを止める。演技がOKなら、そのシーンは使えるが、もしNGだった場合は、そのフィルムは再利用出来ない。だから、一本のフィルムで使えるOKカットはざっくりと一分ほどである。ということは、十分の映画を作るためにはフィルム代だけで二万四千円が掛かることになる。

これは学生にとって、死活問題ともいえる金額だ。その他、撮影に使う場所代や衣装代、移動のためのガソリン代などを含めれば製作費五万円など、あっと言う間に吹き飛んでしまう。

「では、僕から」

ひとつ咳払《せきばら》いをして久間さんが発言した。

「やっぱりウチのサークルは、特撮に特化したものを作らないと『虻蜂《あぶはち》取らず』になると思います。今年は新入生が十人。しかも、女性も二人入ってくれています。善と悪に分かれて、8ミリカメラ存続派対ビデオカメラ推進派のような対決物をコメディ仕立てで描いて行ける作品を提案します」

目を瞑《つぶ》りながら聞いていた上級生たちが何度か頷《うなず》いた。

そのあと、たたみかけるように藤本さんが自信たっぷりに演説をする。

「地球にやって来た得体の知れない生命体が反乱を起こし、人々に害を与える。異星人に攻撃された人類はゾンビとなり、人が人を襲い、この地球は異星人に支配されるという、これまでの第一経済大学の殻を破るシナリオを用意しました‼」

半年前まで、喉《のど》の渇きを我慢して足腰が立たなくなるまで打球を追い続けて来た日々が嘘《うそ》のようだ。来週あたりは、ゾンビのメイクをして福岡のど真ん中、天神を歩いているかもしれない。人生って面白い。

新入生歓迎映画は、久間さんの脚本『シネマ！　さぁ来る！』に決まった。その他にも何本かのシナリオが提出されたが、どれもこれもアマチュア映画にはスケールが大き過ぎたり、お金が掛かりそうだったり、まさに久間さん曰《いわ》く「帯に短したすきに長し」のものだった。

初めて見る実物のカチンコ。初めて触る8ミリフィルム。編集用のスプライサーにエディター。そのどれもが新鮮だった。

撮影日前日、決起集会が開かれた。場所は大学から歩いて五分ほどの『日本の村』。サークル御用達の居酒屋だ。

五十人ほどが入れる広いスペースの一角に二十人ほどが集まった。

「横山、明日から頼むぞ。主演としてもだが、映画の撮影が初めてってヤツらを引っ張ってくれな」

監督も務める久間さんが言った。

「はい。もう、ムチャクチャ楽しみです。久間さん、もう絵コンテ完璧《かんぺき》なんですか？」

「いや。まだ後半部分は出来てない。でも、撮影して行くうちに、いろんなアイデアが生まれてくるだろうから、事前準備にとらわれない行き当たりばったりみたいなところも撮影の醍醐味《だいごみ》だよ」

覚えたてのビールのジョッキを手に質問を続ける。

「久間さんはなんでシネマサークルに入ろうと思ったんですか？」

「ん？　俺？　俺はね、ホントは九州大学に行きたかったの。でも、受験がダメで浪人しようと思ってたけど、ウチの事情で急に浪人はダメだってことになって、この大学に入ったんだけど、『窮鼠《きゅうそ》猫を噛《か》む』だよ。九大に勝てるサークルってなにがあるんだろう？って考えたら映画だったんだよね。だから、シネマサークル」

「へぇ。久間さん九大受験だったんですか」

「そうだよ。ウチの大学はね、みんなどこかを落ちて来てる。ここが最初から第一志望なんてヤツ誰もいないんだよ。だから、落ちこぼれた身として下剋上《げこくじょう》のチャンスをみんながうかがってる。偏差値が低い大学だからって見下されてたまるもんかって、言わば世の中への復讐心《ふくしゅう》で頑張ってるヤツ結構いるから、考えようによっちゃ面白いぜ」

「そうかぁ。僕も大学十二校落ちて、ここですもん」

「横山、映画は偏差値なんか関係ないぜ。いい物作ったヤツが凄《すご》い。凄いヤツは尊敬される。面白い作品作ったら、日本中の映画祭から招待されるしな。やりがいあるぜ」

その夜は、慣れない酒をしこたま飲んで、頭がガンガンした。気分が悪くて吐きそうだけど、興奮してなかなか寝付けなかった。それは、酒を飲んだことや、撮影前日の興奮ではなく、久間さんの言葉『落ちこぼれ大学からの下剋上』への興奮でだった。

また、オレの補欠みたいな生活が始まった。でも、オレはへこたれない。

「オレたち、まだなんにも始まっちゃいねぇ」

布団にくるまったまま、明日のこと、大学生活のこと、将来のこと、いろんなことをグルグルと考えていると、あの絶望的だった大学受験も光への序章に過ぎない気がした。親父《おやじ》が言った「雄二、ご先祖様に感謝せんといかんね。こん大学に運命を感じるわ」というのは本当かもしれない。未来の自分への期待は膨らむばかりだった。


青という青を集めて来たかのような空が広がっていた。初夏の日差しが眩《まぶ》しい。

撮影は初日から順調だった。

素人だらけの映画集団。たどたどしい演技も、上手《うま》く伝わらない演出も、覚束《おぼつか》ない撮影も、全部ひっくるめて、これぞ自主製作映画という現場だった。

オレの相手役は大分《おおいた》からやって来た一年生の美津《みつ》ちゃん。薬師丸ひろ子とまではいかないが、小柄で笑顔の素敵な癖のない面持ちはヒロインにぴったりだ。

美津ちゃんは、入学早々、広島カープ好きの内藤の告白を受け、二人は付き合い出して二ヶ月が経《た》とうとしていた。

「美津ちゃん、内藤とは上手く行ってるの？」

「うん。内藤君、優しくて面白いし、撮影現場にもずっといてくれるから嬉《うれ》しいよ」

「いいねぇ。内藤は。今年、ウチの大学に入学してきた女の子、何人だったっけ？」

「九人！」

「凄いよなぁ。千五百人の男に対して、女が九人。こりゃ、彼女作ろうと思ったら、バイトでもして外で調達しないと『逆大奥』だもん」

女子の極端に少ない第一経済大学にとって、女性の部員は宝物みたいなもので、美津ちゃんは自分の出番が終わると、すぐに休憩。

主役のオレは、演技にＯＫが出ると、今度はカメラにフィルムを入れる係りをやったり、出演者に照明を当てたり、休む暇もない。でも、空っぽの自分に、映画の知識がグビッグビッと入って来る感覚がたまらなかった。撮影現場って面白い。オレも二年になったら、自分の作りたい映画を、この仲間たちと作って行こう。

二週間ほどの撮影は、あっという間に終わった。

これからは、現像から上がって来たフィルムをエディターで確認して、スプライサーを使って編集。編集で大きく映画は変わる。夜な夜な、監督の久間さんの家に入り浸り、部費で買ったお菓子の山を食べながら、ただその編集作業を見学した。

「いいか、横山。普通の映画は、一秒間に二十四コマのフィルムがスライドして動きを作ってる。でも、８ミリカメラは一秒間に十八コマで見せるのが主流。これが十二コマになっちゃうとチャップリンの映画みたいに、人がせわしなく動く。でも、十八コマだと、ほぼ二十四コマと同じ感覚で見ることが出来るから、その辺覚えておいた方がいいよ」

六畳の部屋に寝転がっていたオレは、すぐに起き上がり正座した。久間さんは続けた。

「撮影中、お前たちが普通に使ってたカメラはフジカのZC１０００ってヤツなんだけど、あれ８ミリカメラ不朽の名機って言われてて、あのカメラを持ってるサークル、福岡でもそんなにないいんだぜ。まぁ、宝の持ち腐れではあるけど」

なんだか、久間さんが本物の映画監督に見えてくるから不思議だ。

「よし。このシーン完成。ちょっと見てみようか」

映写機を取り出し、部屋のふすまを閉める。スイッチが入れられた映写機に、編集したフィルムを掛ける。

蛍光灯から垂れ下がっている紐《ひも》を二度カチカチとさせ、部屋を真っ暗にした。ガスレンジのスイッチみたいなレバーを右側に回転させる。映写機はカタカタカタと歯切れのいい音を響かせ、フィルムを飲み込んで行った。すると、スクリーン代わりのふすまに光が映った。そして、巨大なバストショットのオレが登場した。動いている。正直、感動した。

オレは興奮のあまり大きな声で「これ、映画だ」と叫んだ。

久間さんは笑ったが、そのあと二人は無言で畳一畳分の大きさの光を見つめ続けた。

完成した『シネマ！　さぁ来る！』の評判は、すこぶる良かった。

あの編集のあと、声や効果音を入れるアフレコ作業、そして、タイトルやスタッフロールなどの撮影も追加して行われた。アマチュアとはいえ、初めて映画をみんなで作り上げた。手応《てごた》えを感じた。

「オレ、ここでやって行ける。そして、絶対に天下を獲《と》る！　次はオレの番だ」

太宰府の冬は雪が降り積もる。まさか、こんなに雪が多いところだと思いもせず、冬の装備など一切準備していなかった。

オレの住む『中塚ハイツ』は新築のアパートではあるが、玄関の扉に備え付けられた新聞受けから、冷たい風がヒューヒューと入り込んでくる。

「寒いねぇ」

「ホントだねぇ」

ベッドを背もたれにして、肌を寄せ合い、コタツに足を入れている恵子《けいこ》ちゃんがオレを見ている。

彼女が出来た。映画を作るために資金を貯《た》めようと、アパートの大家さんの紹介で小さなスナックでバイトを始めた。『ポルシェ』と名付けられたその店のバイト先に恵子ちゃんはいた。

ショートカットに大きな瞳《ひとみ》、小柄ながらバランスのとれた体型。ケタケタとよく笑うその姿に一目惚《ひとめぼ》れだった。しかも、恵子ちゃんは店が暇なとき、いつも赤川次郎の小説を読んでいた。

「それ今度、映画化されるんですよね」

「えっ！　ホントに？　横山君なんで知ってるの？」

「表紙の帯のところにでっかく書いてあるじゃないですか」

「あっ。ホントだ。全然、気付いてなかった！」

天然なところも惹《ひ》かれる一因だった。オレは、なんとか気を引こうと気の利く好青年を猛烈にアピールした。

店ではモップ掛けからテーブル拭《ふ》き、グラスの上げ下げから皿洗い。今までなら、恵子ちゃんがやらなければならなかったであろうことを、全《すべ》て先回りしてやった。

「横山君が来てから、私、すんごく楽になったわ」

「ホントですか？　僕は高校まで野球部でしたから、野球部の球拾いに比べたら、ここの厨房《ちゅうぼう》なんて朝飯前ですよ」

「えっ？　横山君、野球部やったと？」

「はい。県大会で決勝まで行ったことのある野球部で、これでも一応、センターで二番バッターだったんですよ」

「凄いねぇ。私は、実家への仕送りが大変で、お昼は天神にあるデパートの靴屋さんで働いてるんだけど、晩ご飯を食べて、すぐに『ポルシェ』に入るから、実は、いろんなことが面倒臭くて。横山君が来てくれてから、私、凄い助かってる」

　これは落ちると直感的に思った。押したら行ける！

　実際、野球部の上下関係や練習に比べれば、スナックのボーイは楽なもので、しかもドレスアップした綺麗《きれい》な女性と、それを目当てにやって来るスケベな目をしたおじさんとのやり取りは見ているだけでも面白かった。

「じゃあ、恵子さん。なんかあったら、なんでも僕に言って下さい。もちろん、プライベートでも飛んで行きます」

「そんなこと言ったら、私、ホントに全部、横山君にやらせるよ」

「喜んで！　恵子さんが疲れてたら、僕、野球部でずっと先輩のマッサージをやらされてましたから、マッサージだってやりますからね」

「じゃあ、今度、やってもらおう！」

「違うところも揉《も》んだりするかもしれませんけど」

「もう、イヤらしいねぇ」

　それからしばらくして、オレは恵子さんの違うところを本当に揉んでいた。

　初体験。きっと、人生で初めて触る女体は美雪なんだと思っていたのに、初体験なんか、気が付けばとんとん拍子に進むんだなぁ、と意外と冷静に恵子ちゃんの服のボタンを外した。

一人暮らしに映画製作、バイトに彼女。オレは、もう欲しかった全てを手にしている気がした。きっと、薬師丸ひろ子なら「カ・イ・カ・ン」と言うんだろう。十八歳。これを青春と言わずになんと言う。青春っていいものだ。生活に張りが出てきた。

なにごとにも前向き。やる気満々。恵子ちゃんにいいところを見せたい。サークルのみんなにも、コイツは凄いと思わせたい。頭の中にある映像を頼りにシナリオを書いた。「よし！　映画監督デビューをするぞ！」この作品で福岡のアマチュア映画界に鮮烈デビューを果たしてやる。ストーリーを重視するというよりも、インパクトのある映像で作品を引っ張って行く映画にしようと思った。

画面いっぱいに映し出される逆さまの時計。血まみれのマリア像。転倒するバイク。レンズに向かって飛び散る血しぶき。動き回るカメラ。筋立ては、父親の形見分けで貰《もら》ったオルゴールが部屋にやって来てから、周りの人たちにどんどんと不幸な出来事が起こるというオカルトもの。

仲間を集めて、ウチにあるベータのビデオでいろんな作品を観てもらいイメージの共有も出来た。さあ、いよいよ、この冬が明けたら撮影開始だと意気込んでいたある日。中塚ハイツの大家さんから電話が掛かって来た。

「あの〜言いにくいことでごめんね。ご両親が忘れてらっしゃるのかもしれないけど、家賃がもう三ヶ月も入ってないのよ」

「えっ！　ホントですか？」

「心配はしてないけど、大事に至らないうちに連絡しとこうと思って」

「そうなんですか、それはすみません。親に連絡をして、すぐに入金してもらうようにします。ホントにすみません」

「なんか、ごめんね。これまで、そんなことがなかったから、安心はしてるんだけど」

「いえ、こちらこそ、ご迷惑をお掛けして申し訳ありません」

電話を切ると、すぐに宮崎の実家に電話をした。

きっと「ありゃりゃ、忘れちょったわ」なんて、笑いながら言われると思って掛けた電話で、母親から予想もしなかったことを告げられた。

「実はね。お父さんの事業があんまり上手く行っちょらんで、今、ちょっとお金に困っちょっとよ。保険を解約したりして、なんとかお金を作っちょっちゃけど、なかなかあんたの家賃までは行き届かんでよ」

「嘘やろ！　会社、危ねえと？」

「危ないまでは、まだ行っちょらんけど、お父さん、人に騙《だま》されて、農地を宅地って言われて、いっぱい買ったとよ。で、大きな団地を作るって、建て売りで家を建てたっちゃけど、それが農地やから、家を建てたらいかん場所でよ。十軒くらい作った家を全部、壊したとよ。そんときの借金で首が回らんようになってよ」

電話を持っていた手がかすかに震えていた。でも、予想もしなかった展開に、ちょっと笑えた。人ってビックリすると笑うんだ。

「お父さんは、大きい仕事を年に一個決めたら、あとはもう遊んで暮らせるとよ」

そう自慢げにいつも話していた親父。

会社の従業員と手分けして、たくさんの農地を買い集め、役場に書類を提出して、町長を説得。その場所に宅配業者のトラックターミナルを誘致したり、大型ショッピングセンターの倉庫を作ったりして一度に数千万円の契約料を貰うのが親父のやり方だった。

いつも自信満々の親父が、仲間に騙されるなんて。

「で、オレの家賃は払えると?」

「払えんことはないっちゃけど、今は、お金を借りちょる人たちに、早く返さんと信用がなくなるかい、お金をかき集めちょるところやっちゃわ」

「なんで、そんげ大事なことを連絡してくれんかったと?」

「お父さんが『雄二にはいらん心配を掛けたらいかんかい言うなよ』ってお母さんも口止めされちょったとよ」

格好付けの親父らしい。でも、初めて感じる親父の闇《やみ》だった。

明るく、なにごとに対しても果敢に攻めて行くイメージしかなかった親父。

きっと、家族にも格好を付けたくて、ギリギリまで黙っていたんだろう。参ったなとは思ったが、急に、親父を愛《いと》おしく感じた。正確には人間らしい親父を感じた。

「そしたら、今、映画を作ろうと思ってアルバイトしたお金が七万円あるかい、それで家賃を払っちょくわ。学費は大丈夫よね？」

「うん。学費はなんとかするわね。ごめんね。こんなことになって」

「オレは大丈夫やが。それより、そっちも頑張ってね」

次の日、銀行から六万四千円をおろし、二ヶ月分の家賃を大家さんに持って行った。

「すみません。やっぱり、忘れてたみたいです。とりあえず、二ヶ月分振り込みがあったから持って来ました」

この日から、オレの生活が一変した。

スナックでのアルバイトを増やし、少しでもお金を貯めようと、サークルの部室には顔を出すが、撮影には行かなくなった。

恵子ちゃんには「みんなに自慢したいから」といつも自分用に作るお弁当をオレの分まで作ってもらった。突然、愛妻弁当ならぬ、愛彼女弁当を持って来だしたオレをみんなはからかったが、オレは、惚気《のろけ》たふりをしながら、必死にお金を使わないようにした。

そのうち、今まで親が払っていた家賃や光熱費は、オレが払うのが当たり前になった。

そして、オレは大学生にして彼女のヒモになった。こんなはずじゃなかった。こんな大学生活になるなんて夢にも思わなかった。

「オレは、なにしに福岡まで出て来たんだ」


太宰府天満宮の桜が満開になった。

新入生が晴れやかな表情で入学してきた。一年なんてあっという間に過ぎる。ついこの間まで、キャンパスをおどおどしながら歩いていたオレは、今や昔からここに住んでいたかのような佇《たたず》まいで、相変わらず倉庫のような薄暗い部室にいた。

「梅ヶ枝餅《うめがやもち》食べに行こうか？」

「でも新入生が来たら、ちゃんと勧誘しないと三年生がうるさいよ」

「いいよ。ホントに入りたかったら、今日部室が閉まってても、明日また顔を出しに来るよ。ホントにやる気があるヤツだけを入れないと、これから苦労するのオレたちだぜ」

新入生に先輩づらしたかった内藤はしぶしぶと了解した。

五十ccのバイクに跨《また》がり、天満宮まで走らせた。

この大学に入って、なにかを決めるとき、オレたちシネマサークルのメンバーはいつも太宰府天満宮で梅ヶ枝餅を食べた。風情のある参道を抜け、色鮮やかな鯉《こい》のいる池に架《か》けられた小さな眼鏡橋を渡り、昔ながらのムードを漂わす茶店の席に腰掛けた。

「内藤、オレ、最近あんまり撮影に顔出せてないけど、やっぱり二年になったから映画を作りたいんだよね」

「横山の才能なら、いい映画作れると思うよ」

「オレも自信がある。オレに作らせてくれたら、絶対、福岡中の映研がビックリするような作品が作れる。だから、ちょっと協力してほしいんだけど、新入生が入って来たら脚本会議があるじゃない。で、オレのシナリオを推してもらえるように、みんなに声を掛けてもらえないかな？　脚本は、前にもお前に見せた『いつも、こころに…』なんだけど」

内藤は訝《いぶか》しげな表情を見せた。

「そんなことせんでも、きっと横山の脚本が選ばれると思うよ。サークルのメンバーで横山ほど映画を作りたがってるヤツおらんもん」

「うん。そうだといいけど、内容がオカルトでちょっとエグイじゃない。だから、みんながサークルのイメージが……って嫌がるんじゃないかと思って。藤本さんなんか、ゾンビ……ゾンビって言いながら、未《いま》だに撮れてないじゃない。これまで、自腹で撮ろうと思ってバイトしてお金貯めてたんだけど、いろいろと事情があって、どうしてもサークルのカネで撮りたいんだよねぇ」

内藤は熱々の梅ヶ枝餅を頰張《ほおば》りながら、

「大丈夫だよ。俺は横山が作るのが相応《ふさわ》しいって思ってるよ。わかった。みんなに呼びかけるから、格好いい映画撮ってよ。あと、そんときは主演は俺と美津ちゃんにしてよね」と言って笑った。さらに内藤は続けた。

「俺さ、横山と付き合いだして思うことがあるんだけど、誰にも頼まれてないのにやりたいことがあるって凄いよね。自分の才能を信じて、これをやりたい！って俺、今まで思ったこと一度もないもん。だから、俺、横山を羨《うらや》ましく思うよ」

あまりに内藤が真《ま》っ直《す》ぐに褒めるのでオレは戸惑った。

「そんなことないよ。内藤だって、学校入ってすぐに美津ちゃんと付き合いだして、バイトでも信頼されてて、サークルでもムードメーカーじゃない。オレは内藤みたいに人徳があるのって凄いと思うよ。みんなに愛されてるじゃない」

なんと言葉を返していいのか、苦し紛れに思いつく言葉で内藤のいいところを必死に探した。

「オレはさ、ただのミーハーなんだよ。子どもの頃からプロ野球選手に憧《あこが》れて、中学生になったらビートたけしに角川春樹。薬師丸ひろ子が好きだからって、高校になったら映画監督。いつかは自分が憧れられる存在になりたいって思ってるだけなんだよ」

「ミーハーかぁ」

「でもさ、ミーハーのチカラは凄いと思うよ。あんな風になりたい、こんな風になりたいって思うことで、それを追っかける自分のことも好きになる。オレ、夢を見たり、夢を語ったりするのって、嫌いじゃないんだよね」

「ミーハーが原動力かぁ。イメージが悪い言葉なのに、それをさらりと言うのが横山なんだよね。言葉が自由なんだよね、横山は」

「夢は寝てるときに見るんじゃなくって、起きてるときに見るのが本当の夢だよね」

自分で喋《しゃべ》りながら、そうなんだよなぁと思った。まるでテスト勉強で、試験問題を友だちに出しながら、逆に自分の理解度が高まって行く。そんな感じだった。

「そうだよ。オレは人に憧れられたいんだよ」


大学二年と三年で三本の短編映画を作った。オカルト、コメディ、ミステリー。どれも、斬新《ざんしん》な映像感覚だと、作品コンクールや映画祭で高い評価を得た。

特に二本目に監督したコメディ映画『ホワイトラビットからのメッセージ』は、主演の美津ちゃんが撮影中、内藤と喧嘩《けんか》別《わか》れをして逃走。仕方なく美津ちゃんの代役として、作品の途中から人型に切った段ボールにマジックでセリフを書いて、黒子が等身大の段ボールを動かすという苦し紛れの演出が話題となり、上映会にはアマチュア映像作家のみならず、たくさんの一般人が溢《あふ》れた。そして、劇場内は笑いで包まれた。

博多のタウン誌でも特集を組まれ、作品は日本中の映画祭に招待された。有料上映会では、オレの新作があると九州中の映画研究部の部員が鑑賞に来た。天狗《てんぐ》になることはなかったが、オレには才能があると、根拠のない自信は大きくなっていた。

「映画で飯が食えるかも？」そろそろ人生の進路を決めなければならない。

久しぶりに実家に帰ることにした。

会社が傾いていることを知ってからは疎遠になっていた親父に将来のことを話すためだ。

その頃になると、学費こそ出してもらっていたが、家賃や光熱費は全て自分で賄っていた。

バイト先はスナック『ポルシェ』から、いつでもシフトに入れる『セブンイレブン』に変わり、それでも足りないお金は相変わらず、ヒモのように恵子ちゃんに甘えながらなんとかやりくりをしていた。恵子ちゃんは母性の強い人で、

「横山君、実家が大変なのに、全然そんなそぶり見せないから」

と給料日のたびにお小遣いをくれたり、新しい服をプレゼントしてくれていた。もちろん、毎朝の弁当も欠かしたことはなかった。

朝、早起きして自分とオレの弁当を作り、満員電車に揺られて天神のデパートの靴屋さんで夕方まで立ち仕事。それが終わると、また電車でいったんオレのアパートに立ち寄り、晩ご飯を作って、食事。そこから自転車で『ポルシェ』まで行き、深夜十二時まで働いていた。

ヤリたい盛りのオレに、そのあとカラダを求められ、就寝。我が彼女ながら「身体は大丈夫?」と心配になるほどだった。

なんとなくオレは、もう恵子ちゃんと結婚しなきゃいけないんだろうなぁと思っていた。と言うか、ちゃんと就職して、彼女の愛情に報いなきゃいけないんだろうなぁと感じていた。


久しぶりに見る、宮崎の空は晴れていた。

オレはこの空が好きだ。昼間の抜けるような青空も好きだが、月の輪郭がくっきりしていて、小さな星まで見える、夜空を眺めるのも気に入っていた。月見ケ丘ってところで生まれたから、きっと月を見るのが好きなんだと自分では思っていた。

時はバブル真っ只中《まただなか》。不動産屋は多少は景気がいいのではと期待して実家に帰ったがそんなこともなく、父親は苦労を掛けているであろう息子にちょっと申し訳なさそうにしていた。

「ただいま。『博多ぶらぶら』買って来たよ」

「おう!　おかえり」

「元気そうやね」

「おう。おかげさまでな。ビールでも飲むか」

「うん」

「地鶏《じどり》を買ってきちょるかい、七輪で焼いてやるわ」

ウチは、毎晩、七輪を出す。肉であろうが魚であろうが、なにか食べものを焼くときは、必ず七輪なのだ。ちょっとだけ老けた母親が、

「もう、お父さんが毎日、毎日、七輪を出すかいお母さんは面倒くせえがねぇ」

と相変わらず戦火の火種をぶち込んで来た。

鬱陶《うっとう》しくはあるが、なんだか懐かしい。

ビールを飲みながら、焼きたての地鶏を食べていると、気持ちがすぐに子どもに戻る。福岡での生活をなんとか凌《しの》いでいることなど、もうどうでもいいじゃないかと思えてくる。家族って不思議だ。

「お父さん、会社はどんげね？」

「うん、知り合いみんなかいお金を借りちょったっちゃけど、今の借金は県の信用保証協会だけになったかい、だいぶ楽になったわ」

「でも、借金はあるっちゃ」

「あるにはあるけど。お前、会社を経営しちょって借金がないようなヤツはほとんどおらんぞ。土地を買うときもマンションを建てるときも、最初は銀行から金を借りてそれで作る訳やわ。そんあと土地代やら、家賃やらが少しずつ返って来て、黒字になって行く訳や

がね。県にしちょる借金やら借金のうちに入らんが！」

「ふ〜ん。そんなもんやっちゃ」

「お前は大学の経済学部におって、そんげなことも勉強しちょらんとか」

「学費を払ってもらっちょる身分で、こんげなことを言うのもなんやけど、授業にはほとんど出ちょらんかいね」

台所で刺身の準備をしていた母親が口を挟んでくる。

「あんた、こんげ家がしんどいときに大学に出してもらっちょるっちゃから、授業くらい出なさいよ。お父さんもお母さんも、行きたくても行けんかったっちゃかいね」

「分かっちょるが。でも、バイトしながらサークルで映画を作って、これから就職活動もせんにゃいかんかい、授業どころじゃねぇとよ」

「わざわざ大学に行かせて、授業どころじゃねぇって、お母さんはあんたが言っちょることの意味が全然分からんわ」

親父は笑いながら、会話に割って入った。

「まぁ、お前にはお前の考えがあるっちゃろうから、お父さんはとやかく言う気はねぇけど、お前、将来はなにをする気やとか」

本題に入った。

「うん。映画の仕事をしたいっちゃけど、いろいろ調べてみても、映画会社は営業職ばっかりで、製作をする部門がないとよねぇ」

「製作って、どんげなことをすっとか?」

「オレは監督になりてえから、最初は助監督試験とかを受けて、そんあと現場で経験を積んで、脚本書いたりしながら、何年後かに監督になるって思っちょっちゃけど」

「映画監督やらは、そんげ簡単になれんやろうが」

「うん。まあ難しいやろうね」

「これまで第一経済大学かい映画会社に入った人やらおっとか?」

「調べちょらんけど、おらんと思うよ」

「じゃろが。そしたら、お前アナウンサーになれよ」

「アナウンサーや?」

唐突な父親の提案に驚いた。

「今、姉ちゃんは大人気ぞ」

「うん、それはオレの友だちからも聞いた。なんか、人気番組やっちょるらしいね」

「もう、毎日ファンレターやら花束やら、いろんなもんを持って帰って来て、お父さんは近所でも鼻が高いがねぇ」

「姉ちゃんは、昔かい頭が良かったがね。オレの頭でアナウンサーになれる訳がねぇわ!」

「うんにゃ。お父さんが姉ちゃんに聞いた話やと、アナウンサー試験は面接重視やかい、学力はそんげ大事じゃねぇと思うとよ」

久しぶりに息子に会ったことと焼酎のピッチが速かったせいか、この日の父親は饒舌《じょうぜつ》だった。次から次にお湯割りを飲み干し、散々持論を展開して、そのままコタツで寝てしまった。

深夜。残された母親とオレは、毛布を掛けられた親父のイビキをＢＧＭに、コタツに足を入れ、二人でお茶を飲みながらしみじみ語った。

「お母さんは五十歳になるけど、好きなもの、憧れるものって子どもの頃からなんにも変わっちょらんよ。今、お母さんは日本舞踊の先生をしちょるけど、可愛《かわい》いねとか、綺麗やねって思う髪飾りは、子どもの頃に欲しかったけど買ってもらえなかったもんにそっくり。だから、きっと大人になっても、なんにも成長しちょらんね、お母さんは。でも、お父さんを見ちょっても、こん人は結婚したときと好みがなんにも変わらんねぇって思うかい、人は子どものまま歳《とし》だけ取るっちゃねぇって実感しちょるよ」

「歳を取るから、大人になるっちゃねぇと？」

「うんにゃ。お母さんは、歳を取るのと大人になるのは違うって気がするねぇ」

母親の人生観を初めて聞いた気がした。そして、なんだかしっくり来る気がした。きっと、この言葉は、歳を取った自分が「そう言えば、あのとき」って確実に思い出すだろうなぁと思った。

「あんたには、お父さんとお母さんが不甲斐《ふがい》ないかい、今、迷惑をいっぱいかけちょるけど、自分が子どもの頃に憧れたものになれるように、応援だけは続けさせてもらうかいね」

宮崎にいた三日間。結局、話はアナウンサーを目指す！　でまとまった。

漠然と映画の世界に……と言うオレに対して、姉ちゃんという成功例を持っている親父の意見の方が遥《はる》かに現実味を帯びていた。

オレもなんだか「アナウンサーもいいかも？」と流されるように、気持ちが傾いて行った。とにかく、四年生になる春休みに、姉ちゃんも通った東京のアナウンス学校に行ってみて、様子をうかがおうとの作戦だ。

「アナウンサーになったら角川春樹に会えるかもよ」

「薬師丸ひろ子のインタビューも出来るはず」

「有名になったら、映画監督をしませんか、って話だって来るかもしれない」

もう、寄ってたかって、あることないことプラス要素だけを言われ、人生経験のないミーハーなオレは、すっかり夢見る夢子ちゃん状態になっていた。帰りの飛行機の中では、

「よし！　日本一のアナウンサーになってやるぞ！」

と、三日前とは違う信念を胸に、福岡空港へ降り立っていた。

人間なんて単純なものだ。

その勢いのまま、意気揚々と大学の学生課に向かい「アナウンサーを目指したいんですが、放送局の資料ってありますか?」と聞くと、明らかに笑った目で「えっ! ないですよ!」と、消防署で「煙草《タバコ》の火、貸して下さい」って言った人みたいな扱いを受けた。そりゃそうだ、ここは偏差値四十の第一経済大学なのだから。

# 第三章　北朝鮮ショック

一九八八年春。「アナウンサーになるために、東京に行ってくる！」とサークルの仲間に宣言してやって来たのは神奈川だった。

東横線の終点、横浜は桜木町。高校時代、未完に終わった映画『あっ！　異常物語』の主演戸高が横浜にいることを突き止め、電話して「アナウンサー学校に行きたいから一週間だけ泊めて！」と懇願した。

人のいい戸高は、自分のせいで映画が完成しなかった罪滅ぼしに、と快諾してくれた。でも、本当はアナウンス学校は三ヶ月。オレは、知らん顔をして、ここに三ヶ月居座ろうと腹を決めていた。なにせお金がないのだ。

アナウンス学校は渋谷区の恵比寿にある。ここなら、渋谷駅で乗り換えるだけで便利。申し訳程度にキッチンのある八畳のワンルームマンションだが、ここは関東だ！　お江戸だ！　花の東京ライフだ！　戸高だったら、きっと許してくれるはず、もしも追い出されるようなことがあったら、また高校時代の誰かを探し出せばいい。ヒモ生活を二年間も続けていたオレは、相当図々しい性格になっていた。

東京までの旅費も、恵子ちゃんに出してもらおうかと思っていたが、さすがにそれには気が引け「あんたたちが東京に行けって言ったんだから、旅費くらいは出してよ」と理不尽な理由をつけて親に泣き付いた。そもそも、オレはヒモになりたかった訳ではなく、親の事業の失敗で、泣く泣く恵子ちゃんの誠意に甘えているのだ。本当ならば、男らしくしていたかったのだ。

桜木町の駅を見下ろし、遠くに観覧車の見える最高の立地条件のマンション。全身、黒で統一された服を着て、ちょっと都会の人の雰囲気を醸し出していた戸高は、久しぶりに会う同級生の訪問を喜んでくれていた。

「ビックリしたわ。雄ちゃんは映画の仕事に就くっちゃろうねぇって思っちょったかい。アナウンサーになると？」

「うん。ほら、ウチは姉ちゃんがアナウンサーやかいよ」

「そうか。由美さんは宮崎で今、スゲエ人気やっちゃろ！」

「うん。それでウチの親父《おやじ》が、お前もアナウンサーになれなれってウルサイっちゃわ。オレがアナウンサーやらなれる訳がねえとによ」

高望みを正当化するために「親父が」と言ってはみたが、オレは初めて見る都会の景色に、俄然《がぜん》やる気になっていた。どうせ、目指すならやり遂げたい。チヤホヤされる職業に就きたい。

「ここで頑張ったら、これからの人生が明るくなるかもしれない」

無地のTシャツにジーンズ姿で駅に降り立った。

地図を片手に恵比寿駅のロータリーを商店街に向かって、なだらかな坂道を歩くことおよそ五分、アナウンサー学校『東京アナウンスアカデミー』はあった。

階段を数段上がり、受付に着く。入り口のフロアでは、太宰府では見たことのないラルフローレンのポロシャツの襟を立て、サマーセーターを肩にかけた女子大生が長髪をなびかせながら歩いていた。

「華やかだ」

当たり前のことだが、アナウンサー学校には、多少ルックスに自信のある女子大生がウジャウジャいる。ほぼ男子校の田舎から来たオレは、もう、目移りして仕方ない。正直、授業どころではない。

レッスンは一日二時間、最初は腹式呼吸と早口言葉だけ。文章を読む、いわゆるアナウンスにまつわることは一切ない。ただひたすら、お腹《なか》を押さえて、「あっ！　あっ！　あっ！」とか「あめんぼ赤いなあいうえお」などと叫び続ける。

一クラスは十人。授業料さえ払えば、誰でも入学出来るが、姉ちゃんの話では、鬼と呼ばれる大林《おおばやし》先生が一番親身になってくれるとのこと。オレは、運よくその鬼のクラスに入ることが出来た。

大学受験の会場と同じで、机に並ぶみんなが優秀に見える。実際、ほとんどが慶応や早稲田といった六大学、もしくは有名大学から来た生徒で、無名の大学から、しかも地方から来ているのはオレだけだった。慶応大学の正式名称は慶應義塾大学であることを、このとき初めて知った。そして、その慶應義塾という漢字が書けない自分を殴ってやりたいほど憂えた。

「コイツらと戦って行くのか」

東京という場所がライバルな気がした。戦う前から不安に押し潰《つぶ》されそうになる。東横線の吊革《つりかわ》に摑《つか》まって眺める週刊誌の広告。渋谷の駅に無数に並ぶ企業の看板。道行く人たちのファッション。その全《すべ》てが輝いて見えたし、その全てが、オレを田舎者と見下している気がした。

「ここにいるヤツらには負けない。そして、東京に負けない」

お調子者のフリをして、ひょうきんぶってはいたが、「ライバルは東京だ」と今まで感じたことのなかった闘争心をメラメラとさせていた。

そんなある日、地下にある自主トレ室で、

「横山君って、絶対いいとこに通るね」

そう言ったのは、浅野ゆう子と浅野温子を足して二で割ったような『ひとりW浅野』大《おお》岡《おか》さんだった。

基礎科や研究科、結婚式司会者コースや声優コースもあるこのアナウンス学校で、きっと一番の美貌《びぼう》を誇る才女の大岡さんは、

「たぶん、ウチのクラスの男子は、みんなどこかのアナウンサーになれると思うけど、私だったら横山君を採用するね。このクラスのアナウンサー一番乗りは横山君だね」

と、自信たっぷりに予言した。

オレのことを、福岡からやって来た、なんだか変なヤツみたいに好奇の目で見ていたクラスの仲間たちは、不思議そうな顔で大岡さんの言葉を聞いた。

「発声とか、読みとかって、練習したら誰でも上手《うま》くなるじゃん。でも、喋《しゃべ》る内容はセンス。話してて一番面白いの、横山君だもん。なんか、横山君の喋り方って、キレがいいから面接受けも良さそうだもんね」

明治の飯村《いいむら》や慶応の岡田《おかだ》も、

「悔しいから認めたくないけど、横山の喋りは天才的だよね」などとオレを褒めた。

今まで偏差値が三十以上も違う別世界の人たちと思っていたクラスメイトがオレを認めている。これは成績優秀者の余裕なのか。それとも真に受けていいのか。悩んだ。よくコンパでありがちな「○○ちゃん凄《すご》く性格が可愛《かわい》いんだよ」などと明らかに顔がいい女が言う「謙遜《けんそん》した上から目線」、そんな気もした。

しかし、一週間、二週間と過ぎるうち、一緒に同じ夢を目指す友として、あながちその言葉は嘘《うそ》ではないのかもとオレ自身も思い始めた。基礎科の鬼・大林先生も、

「お前は田舎者なのに、宮崎弁も福岡弁も出ないから大したもんだ。しかも、他人が言った言葉でも、まるで自分が考えた言葉のように話すからアナウンサー向き。才能があるよ」

と笑いながら褒めてくれた。

「オレ、ひょっとしたら本当にテレビに出る人になれるのかな？」

アナウンス学校の一番の利点は、もちろんアナウンスの基礎をプロに習えるということではあるが、その先にはこれからの試験の対策や、各放送局の採用の特徴、そしてなにより試験日程の詳細な情報が寄せられることだ。

早く採用が決まる生徒で五社から十社、平均でも十社から二十社、多い人だと北は北海道から、南は沖縄まで百社近くを受験するアナウンサー試験。夏から始まる全国の試験の日程が全て掌握出来るということは、ここは受けて、ここは受けないという取捨選択がしやすいのだ。

オレのように地方の無名大学から来た者にとって、高望みの東京キー局や大阪の準キー局の試験より、地方の小さな放送局を受けることの方が採用の確率は格段に上がるという

訳だ。そして、その地方局の採用試験の東京会場が、ここアナウンスアカデミーなのだ。

アナウンスアカデミーの玄関入り口には、壁一面に日本中の試験日程のプリントが張り出されていた。

スケジュール帳を手に「横山は、どこ受けるの？」と慶応の岡田が言った。

「オレ、第一志望はふるさと宮崎だったんだけど、今年は採用がないみたいなんだよ」

「そうか、それは痛いね」

「岡田は？」

「俺はキー局を中心に名古屋、大阪、福岡あたりかなぁ」

「じゃあ、福岡はオレも受けるから、そこではライバルだね。福岡まで行く前に岡田が決めてくれないと、オレ岡田と戦って勝てる気がしないから、お前早く決めてくれよ」

「俺だって、そりゃ早く決めたいけど、直接対決も一回くらいしとこうよ」

「おう！　だったら望むところだ！　やってやろうじゃないの！」

笑ってはいたが、みんな将来がかかっている。真剣そのものだ。

ゴールデンウィークを過ぎ、やって来る梅雨を前に、一気に新緑が芽吹き始めた六月。

家主である戸高から「雄ちゃん、いつまでここにおる気やと」と言われながら向かった『アナウンサーの卵・決起集会』で酒を飲み過ぎたクラスメイトの桂《かつら》に異変が起きた。

不安な気持ちが爆発したのだ。

「俺、アカデミー辞める！　俺は絶対にアナウンサーになんかなれない！」

日本酒を飲み続ける桂を制しながら、同席していた重盛《しげもり》や来栖《くるす》も「いや、桂なら大丈夫だよ」となだめた。

オレも自分の不安を胸にしまいつつ、「桂、偏差値四十のオレが目指してんのに、お前なんか全然、平気だよ」と言った。

「いや、絶対に無理だ。俺なんかがアナウンサーになれる訳がない。俺、みんなを見てて思うもん。俺には才能がない。大林先生も、俺には才能がないって言った。俺はなれない」

「今まで、みんなで頑張って来たじゃない。一緒に頑張って行こうぜ」

「もう嫌だ！　チクショー！　なんで、俺、アナウンサーなんか目指そうと思ったんだ。俺なんか、なれるはずもないのに！」

桂は一升瓶の首を持ち、力任せにテーブルを叩《たた》いた。一瞬にして物凄い音と共にガラスの破片が居酒屋の畳に飛び散った。

「桂！」

オレは泣きながら叫ぶ桂の胸倉を摑んだ。周りのお客さんが店員を呼ぶために立ち上がったのが見えた。

厨房《ちゅうぼう》から恰幅《かっぷく》のいい店員が出てきて「お客さん、困ります！」と大声で叫んだ。

「すみません。もう出ます」と言ったが、桂は畳に突っ伏したまま、ただひたすら泣き続けた。

みんな、自分が何者になるのか不安なのだ。飄々《ひょうひょう》と時間を過ごして、来たる運命を受け入れる準備はしているが、その実は怖いのだ。運命を受け入れることが怖いのだ。それはオレも一緒だった。

その時オレは、高校生のとき美雪に言われた言葉を思い出した。

――みんな、なれそうなものを目指してるのに、雄ちゃんはなりたいものになろうとしている。

そうだ。なりたいものを目指すのは、少しだけ勇気がいるのだ。ただ、その勇気ある一歩を踏み出すと、反対側の足も前に出さないとバランスが取れなくなる。一歩、また一歩と踏み出し続けると、それは歩みになるのだ。

桂は、もう不安で歩けなくなった。そして、その翌日から、桂は教室から姿を消した。

大林先生は、三ヶ月にわたる基礎練習を終えたオレたち生徒に、

「アナウンサーという仕事は、日本語の基礎を学び、守って行くという仕事ではありません。日本語の基礎を学んだあと、その言葉を生活に根差したより豊かな言葉に進化させていく職業です。ひとつの卵を紹介するのに『産みたての卵』と言えば主役はニワトリ。『生まれたての卵』と言えば、主役は卵。その微妙な違いを視聴者や聴取者に押し付けが

ましくならず伝える仕事です。面白く、奥の深い職業です。みなさんの健闘をお祈りします」

とこれまで見せたことのない最高の笑顔で語った。

大岡さんの予想は大きく外れた。

オレたちの仲間でアナウンサー一番乗りを決めたのは大岡さん自身だった。東京キー局の試験を前に、「ウォーミングアップね」と受けた福岡の局で大岡さんはあっと言う間に内定を貰《もら》った。

その後、慶応の岡田が大阪へ。明治の飯村はテレビ朝日への内定が決まった。

出遅れたオレたちは、スケジュール帳と睨《にら》めっこしながら、受けられる日程の局を片っ端から受けて行った。東京、大阪、名古屋、福岡。そのどれもが全滅。箸《はし》にも棒にも引っかからない。履歴書と作文を送っても、一次試験さえ受けられない局もあった。

「アナウンサー試験は受験生を通すために行われているんじゃない。何百、何千と受けにくる生徒を落とすために行われているんだ」アナウンスアカデミーの教務課、與古田《よこだ》さんは申し訳なさそうな表情でオレたち生徒に語りかけた。

受験社数が十社を超えたとき、もうオレはダメなんじゃないのか？　世の中はオレという人間を必要としていないんじゃないか？　と出口が見えず、深淵《しんえん》に潜む漆黒の闇《やみ》に飲み込まれそうになった。

不安で押し潰されそうになったとき、目についた恵比寿駅前の公衆電話から宮崎に電話した。父親と母親の声がふと聞きたくなった。数回のコールののち、慌てた感じの父親が電話に出た。

「おっ。雄二か。お前は全然連絡をしてこんかい、もう家の電話番号を忘れたっちゃないかと思っちょったけど覚えちょったっちゃね！」

豪快に笑う父親に気持ちが和んだ。

「アナウンサー試験は、どんげか？」

「ん？　まぁ予想通り、苦戦だね」

そのことを聞いて欲しくて電話したのに、オレは、とぼけてみせた。

「あらっ。お前は、東京に行って標準語になっちょんね！　もうアナウンサーさんから電話が来ちょるみたいやわ」

「そんげなことねえが。お父さんは、なんしちょったと？」

「ちょうど今、七輪を出して鶏でも焼こうかってお母さんと話しちょったとこよ」

「へぇ、そうやっちゃ。毎日、毎日、七輪出すとお母さんが嫌がるかい、ほどほどにしちょくとよ」

試験続きで気が張っていたのに、久しぶりに聞く父親の声と、久しぶりに喋る宮崎弁のおかげで少しずつ心が解きほぐされて行くのが分かった。

「どら待て。お母さんにも代わるわ」

一旦《いったん》、耳から受話器を離して、父親は大声で母親を呼んだ。

「おい！　キヨ。明日は宮崎に雪が降るど。雄二から電話やが！」

遠くから足音が聞こえ、ちょっとだけ息を切らした母親の声が聞こえた。

「あらっ。雄二君、久しぶりやね。東京はどんげね？」

「うん。受験は全然ダメやけど、いい仲間に恵まれて楽しくやっちょっよ」

「ホントね。それなら安心やわ。全然、連絡がねえかいお父さんと、東京で人さらいに遭ったっちゃねえかねって話しちょったとよ」

横にいた父親が、すぐさま受話器を奪い取る。

「人さらいに遭っても、今、お父さんが借金で困っちょるかい、ウチには払うカネがねえけどね」

耳に二人の幸せそうな笑い声が響いた。そして、その笑い声は、オレのささくれ立った心にも確実に響いた。

生活に窮していても、いつもしかめっ面をしてる訳じゃない。そのときそのときの愉《たの》しみを見つけて、人は笑うんだ。どんなにしんどいときでも、人は笑いながら過ごしているんだ。目の前に積まれた十円玉を次から次に電話機に落としながら、オレはこの人たちを笑顔にしたいと思った。そして、この人たちに合格というプレゼントを渡したいと思った。

電話の切り際、父親は、

「ご先祖様に感謝しろ。お前がアナウンサーになるまでのカネは心配せんでもいいかい。後悔せんように頑張って来いよ。あと、お世話になっちょる戸高君にはお母さんが、現金書留でお金を送っちょったかい安心しちょけ！」と張りのある声で言った。

オレは、地声でも宮崎に届くように、

「うん！　ありがとう！　頑張って来るわ！」と叫んだ。

アナウンサー試験十五社目。広島のＲＣＣ中国放送を受けることにした。

今までの地方局の試験は、全て東京で行われていたが、ここは広島まで出向かなければならない。お金のことを考えると躊躇《ちゅうちょ》するところだが、小学校四年生のとき、家族で広島に旅行した写真が今も実家に飾ってあったこと、シネマサークルの内藤が広島カープのファンだったこと、そしてなにより大好きだった角川映画『時をかける少女』のロケ地だったことで、なんだか縁を感じた。

「よし。ここは遠征して広島に行ってみようか！」

新幹線で広島に向かった。

平和都市、広島。成績の悪いオレでも、この街の悲しい歴史は知っている。大きい街を想像していたが、駅前は閑散としていて、思ったより小ぶりな佇《たたず》まいだ。駅の構内を抜けると路面電車も見える。

タクシー乗り場で運転手さんに「ＲＣＣに行きたいんですけど、歩いて行けますか？」と尋ねると「歩けない距離じゃないけど三十分はかかるよ」と言われた。

せっかくだから歩いて行こうかとも思ったが、気の良さそうな運転手さんから情報を仕入れるのも悪くないと思い「じゃあ、乗ります」と後部座席のシートに身を預けた。車内にはラジオが流れていた。

「お客さんは、あれ、ＲＣＣに向かうってことはマスコミの人？」

「いえ。大学生なんですけど、これからＲＣＣを受験するんです」

「えっ！　ということは将来はＲＣＣの人ってこと？」

「はい。受かればですが」

運転手さんは車のラジオを指さし、

「今、これ、聴いてるラジオがＲＣＣよ。おじさんは、これのおかげで毎日、ニコニコしながら仕事が出来るんよ。あんたがＲＣＣに入ったら、そりゃおじさんは自慢が出来るわ」

とバックミラーでオレの顔をチラチラ見ながら笑った。そして、

「試験は、なんの試験？　ディレクター？　営業？」と聞いた。

「あのー、アナウンサーです」

「アナウンサーね。そりゃ凄いね。なんて、名前？　覚えといて、あんたがラジオに出てきたら、おじさんラジオの前で、あんたの名前を叫んであげるよね！」

「えっと、横山雄二です」

「よし！　分かった。アナウンサー横山雄二ね。おじさんは記憶力が抜群じゃけえね、もうこれで頭に入った。あんたはアナウンサー横山雄二ね」

初めて人からアナウンサーと言われた。そして、この人は将来オレが就職するかもしれない会社のファンだと言う。受ける前に、縁も感じたが、縁起もいいと思った。

八百円ほどでＲＣＣ中国放送の玄関にタクシーは到着した。目の前には護国神社、その奥には広島城が見えた。

運転手さんに「ＲＣＣって広島城の敷地内みたいなとこにあるんですね」と言うと「そうよ。ここは国を護《まも》ってくれる神様と地域を守ってくれる城主さまが一緒におるところじゃけえ最高の場所よ」と言って、「カネはええけえの。この代金はおじさんからの餞別《せんべつ》じゃ。おじさんは将来のアナウンサーを乗せたんじゃけえ自慢になるわ」と車のドアを閉めた。

オレは慌てて、閉まったドアを開け「ありがとうございます！」と声を張った。

RCCは良く言えば歴史がありそうな、悪く言えば古臭い三階建ての小さな社屋だった。受付で試験を受けにやって来たことを告げると、エレベーターで三階の会議室に行くよう言われた。

『試験・待合所』と書かれたドアをノックすると、生真面目そうなスーツ姿の男の人が「受験票を」と促した。バッグに入れていたハガキを出すと『受験番号52・横山雄二』と書かれた用紙を手渡された。

学校の教室ほどの会議室には次々と受験生がやって来る。初めて見る顔がほとんどだが、他の会社の試験会場で見た顔や、もちろんアナウンスアカデミーで知った顔もあった。緊張がマックスなだけに、たとえアカデミーの違う教室の生徒でもライバルなのにホッとする。

説明によると、RCCの試験はすでに送った履歴書と作文で、受験生が百人ほどに絞れているらしい。これから、カメラの前でニュース原稿と二分間のフリートーク、そのあと個別に面接が行われるらしい。

一人ずつ名前を呼ばれ、みな強張《こわば》った表情で会場から出て行く。

どんな原稿で、どんなテーマでフリートークをするんだろう？　待つこと一時間、ようやくオレの名前が呼ばれた。さっき乗ったエレベーターに乗せられ一階へ。受付の前を通って、テレビBスタジオと書かれた廊下の前で待機するよう言われた。

パイプ椅子《いす》に腰掛けていると銀行にある金庫のような分厚い扉が開き「どうぞ！」と室内に誘《いざな》われた。

ひんやりしただだっ広いスタジオの隅に、照明が当てられたニュース番組のセットが見えた。「失礼します」とそこに腰掛けると、目の前にはオレを映し出す三台のテレビカメラがセットされていた。誰もいないスタジオに天からの声のように試験官の声が響いた。

天の声は「一分程度で自己紹介をお願いします」と言った。

オレは深々と頭を下げた。

「はい。福岡の第一経済大学からやって来ました横山雄二と申します。先ほど、御社に伺う際に広島駅からタクシーに乗りました。するとタクシーの中でラジオが流れていました。私は中学生の頃から、親に咎《とが》められながらも受験勉強をしながら『オールナイトニッポン』を聴いて育ちました。運転手さんはRCCラジオのファンだと言い、受験にやって来た私にタクシー代はいらないと仰《おつしや》いました。御社は広島のいろんな方々に愛されているんだなと思いました。是非、私をその仲間に入れて下さい。今日で放送局を受けるのは十五社目です。もう受験を続けるお金も底を突きそうです。来年から私を雇って下さい。どうぞ、よろしくお願いします」

また、頭を下げると天から数人の笑い声が聞こえた。

その後、目の前にある田植えの写真でフリートークを、そしてテーブルにあるスポーツニュースの原稿を……と言われ、無我夢中で今までの全てを出し切った。

大林先生に言われたことを思い出す。

――お前は、焦ると喋りが早くなる。ゆっくり……はっきり。

――フリートークをするときは、まず結論から話し出せ。刑事コロンボのように、先に犯人を見せといて、どうやってそこに辿《たど》り着くのか、という喋りを意識しろ。

――用意してきたような喋りは何百人も見る試験官には全部バレる。そのとき感じた、その日の出来事をトチッても構わないから喋れ。

カメラテストはわずか五分ほどの間ではあったが、もう一人の自分が、今の自分を俯瞰《ふかん》で見ているような気分になった。いい感じだ。

午後からの面接は試験官三人に対し受験生一人。親父が「お前なら面接で一番が獲れるかもしれない！」と言い切ったオレの見せ場だ。

落ち着いて二度のノック。「どうぞ」の声で入室し、自分の名前と大学名を告げ「お座り下さい」と言われるまで椅子の横に立っている。座ってからは、場の雰囲気を読みながら、ひとつひとつの質問に丁寧に答えて行く。人生で一度も笑ったことがありませんみたいな顔で座っている面接官は、何十人もの生徒を一日で見比べる。だから、自分の親世代と話すような気持ちで、多少若気の至り感を出した方が目立つ。いい意味でも悪い意味でも印象を残さないと、なんのために広島まで高い新幹線代を払ってやって来たのか分からない。

「なぜ、放送局を目指そうと思ったんですか？」

「今、大学ではどんなことに力を入れてるんですか？」

「これからのテレビやラジオはどうなると思いますか？」

「あなたはウチに入ったらどんな番組を作りたいですか？」

それぞれの質問に、ときにユーモアを交えながら、準備していた答えや、今、思い付いた考えをカッチリと話した。いや、話せた。こんなに雰囲気のいい面接は初めてだった。

これまでのベスト。「これは行ける！」三人の面接官が、それぞれに目配せをして、面接もそろそろ終わりかという、その瞬間、一番右側に座っていたメガネをかけた赤いネクタイの面接官が、想定外の質問を投げてきた。

「もうすぐオリンピックが開催されますが、正式名称と開催国を聞いておきましょうか？」

もう面接は終わりだろうと気を抜きかけていたオレは、突然の具体的質問に動揺した。

「オリンピックですか？　えーっ、えーっ、えーっと」

きっと、それほど時間は経《た》っていないはずだ、だが、思い出せないこの時間を永遠に感じた。

「えーっオリンピック。オリンピック」

頭の中のロータリーエンジンが高速回転で動く音がした。でも、出てこない。マズい。ヤバい。今まで見て来た新聞や雑誌、電車の吊革広告、いろんな景色が脳みその中をスライドみたいに映し出していく。ない。ない。出てこない。そのとき、頭の歯車がカチッと合わさった。これだ！

「あっ！　はい。ソウルオリンピック。開催国は北朝鮮です」

言い切ったあと、自分でも違和感があった。

近いけど違う。なにかが違う。ニヤリとした面接官は、

「はい。ありがとうございました。合否は後日、電話連絡されますので」と言った。

オレは、立ち上がりながら、「違う！　違う！　なにかが違う！　オレは間違っている！」と頭の中に問いかけた。

頑張れ横山。勝負だ横山。ここまで完璧《かんぺき》だったじゃないか。会場を去ろうとドアのノブに手を掛け「失礼しました」と扉を閉めた瞬間、ようやく、なにが違うのかに気が付いた。

「そうか、あの面接官は正式名称と言った！　引っ掛かった！」

オレはＲＣＣまで乗せてくれたタクシーの運転手さんにしたように、一度出た会場の扉をもう一度開け、

「すみません。今の答え、北朝鮮。朝鮮民主主義人民共和国です」と叫んだ。

呆気《あっけ》にとられたような表情の面接官三人は、鳩が豆鉄砲を食らったような顔でオレを見て大爆笑した。

なにごとか分からなかったが、ドアを閉め直した、そのすぐあとにソウルオリンピックの開催地は韓国だと気付いた。上手《うま》く行ってたのに、途中まで完璧だと思ってたのに。意気揚々と入って来たＲＣＣの玄関を足を引きずるようにオレはあとにした。

「終わった。広島には縁なんてなかったんだ。運転手さん、すみません。期待に応《こた》えられませんでした」

北朝鮮ショックから、二週間後。失意のまま、いったん福岡のアパートに帰っていたオレに電話が入った。

「中国放送人事部ですが、あなたに内定を出すことに決まりました」

頭の中を「嘘？　マジで？　ホントに？　なんで？　どうして？」全ての疑問符が一通り一巡したあと、全身に鳥肌が立った。もう、このまま興奮していたら鳥人間コンテスト見た日部門で優勝してしまうんではないかというほどの鳥肌。右手が知らないうちにガッツポーズを取っていた。

「ありがとうございます！　どうぞ、よろしくお願いします」

オレは床《ゆか》に頭がつきそうなほどお辞儀をした。電話を切ったあと、すぐさま受話器を耳に当て、慌てて宮崎の実家にダイアルをした。慌てる必要もないのだが、早く伝えたい一心で、ダイアルの穴に指が上手く入らない。電話には母親が出た。

「お母さん。オレ、広島に通ったよ。RCC！　アナウンサーになれたよ！」

一瞬の沈黙のあと、

「やったぁ！　おめでとう！　お父さん！　お父さん！　雄二がアナウンサーになったっと！」

叫ぶ母親の向こう側から、父親の「ほらっ！　やっぱり、そうやろが！」と大きな声が聞こえた。

「お父さんは、お前なら絶対に通るって思っちょったとよ。お父さんの言う通りになったやろが！」

「うん。お父さん！　ありがとう！」

「雄二、今日は、焼酎《しょうちゅう》をコップに入れて、宮崎の方角に向けて、ちゃんと手を合わせとくとぞ！　お前の就職を、爺《じい》ちゃんも、その前の爺ちゃんも、そん先のご先祖様も、みんなが喜んでくれちょるはずやかい！」

「うん！　分かったわ。ホントありがとね！　また、電話するわ！」

たった今の今まで、何者でもなかったオレがアナウンサーになった。映画監督という中学生からの夢にはチャレンジ出来なかったが、今、たった今、なりたかったものになれた。

偏差値四十からのアナウンサー。親父には筋書通りだったのかもしれないが、本人のオレからするとほぼ奇跡。ほぼまぐれだった。ただ、奇跡だろうと、まぐれだろうと「横山雄二」という木に桜は咲いたのだ。


大学の学生課に行った。

「あの～内定を頂いたので報告に来たんですけど」

古い病院の受付のような小窓を開けると、以前、オレを鼻で笑った女性職員が、こっちを振り返った。無表情でオレに近付き「どこに通ったの？」と素っ気ないそぶりを見せた。

「広島の中国放送ってとこにアナウンサーとして合格を頂いて」

「えっ！　アナウンサーになったの？　広島の？　えっ？　ＲＣＣ？　私、広島の出身だから、ＲＣＣ知ってる。ＴＢＳ系列よね。４チャンよね？　えっ凄い！　この子、アナウンサーになったんだそうですよ」

いつもは静まり返った学生課に拍手が鳴り響いた。彼女は「ウチから有名人を出したのはチャゲ&飛鳥以来だわ」と感慨深げに宙を見つめた。

相変わらず倉庫のようなシネマサークルの部室に行くと仲間も「凄いですね。放送局ですか」と、無謀なことにチャレンジして結果を出したオレを、まるで奇跡の生還を遂げた登山家を見るような目で迎えてくれた。

オレは真っ赤なコカコーラの長椅子に座ると、ここに初めて入った日のことを思い出した。そして、居酒屋『日本の村』で久間さんが言った「横山、下剋上《げこくじょう》だぜ」の言葉を噛《か》み締めた。いよいよ、オレの本当の人生が始まる。ここはゴールじゃない。スタートラインだ。

残された半年の学生生活は、再び『セブンイレブン』のバイトに戻り、短編映画の脚本を書き、福岡大学と共同で卒業記念の映画を撮った。

恵子ちゃんはと言うと、オレが東京でアナウンスアカデミーに通っている間、中古車屋を経営するパンチパーマの新しい彼氏を作って、アパートには帰って来なくなっていた。

裏切られた気持ちで猛烈に淋《さび》しかったが、アナウンサーになれば、将来は女の子にモテモテのはずだと高をくくって、自然消滅になった。二年間、オレの生活を支え、相談に乗り、一度は未来を語り合った仲。あっさり諦《あきら》めるオレもオレだが、わずか半年くらいで、別の男に乗り換えた彼女に、人間の弱さを感じた。

人の気持ちなんて、脆《もろ》いものだ。でも、今までありがとう恵子ちゃん。君に送ったポエム「僕のココロは今、恵子色《けいこうしょく》」のフレーズは、恥ずかしいからもう忘れてくれ！

年が明け、年号が平成になった。お世話になった学び舎《まなや》や中塚ハイツの大家さん、カープファンの内藤やサークルの後輩に別れを告げ、一九八九年三月オレは広島へ向かった。

# 第四章　未来はいつも面白い

広島。人口およそ二百八十万人。十二の市とたくさんの町村からなる中国地方最大の都市。周囲を山に囲まれ、瀬戸内海に面したその立地から豊富な海の幸や山の幸が自慢だ。一九四五年八月、世界で初めてアメリカ軍による原子爆弾が投下され、今や世界の平和を語る上で欠かすことの出来ない歴史をも持つ。その街の中心、広島市中区にこれからオレがお世話になるＲＣＣ中国放送はある。

四月一日。エイプリルフール。その日は雲一つない新品の青空だった。

「アナウンサーになったらテレビのニュースを読むやろうかい」と父親から三着のスーツを就職祝いにプレゼントされたが、オレは「なんだか、こっちの方がしっくりくる」と就職活動で合格を貰《もら》ったグレーのスーツに身を包み出社した。

ここの社屋を見つめるのは、あの北朝鮮ショック以来である。あのときは、もうここに来ることもないかと恨めし気に眺めた建物も、今日はそびえ立つ凜々《りり》しい佇《たたず》まいに見えた。

咲き誇る広島城脇の桜も目に眩《まぶ》しい。大きく息を吐いて、「さぁ！」と正面玄関に入った。ビタミンカラーの煌《きら》びやかな世界に身を投じたつもりでアナウンス部に向かう。

社内一階の長い廊下の突き当たり横にアナウンス部はある。途中、ラジオの第一スタジオや第二スタジオ、オレが面接でカメラテストを受けたテレビBスタジオも見えた。全《すべ》てが輝いて見える。初めて入るアナウンス部。扉の前で再び大きく深呼吸をし、コンコンと二度ノックをした。返事はない。あれっ、ともう一度ノックをしてみたが、なんの応答もない。オレは留守宅に入ろうとする泥棒のように、そっとドアを開け、中を覗《のぞ》いた。

誰もいない。とりあえず中に入り、不安なまま入り口横で突っ立っていると「おはようございまーす」と三十歳がらみのちょっと化粧の濃いやけに綺麗《きれい》な女性が入って来た。ちょっと驚いた表情でオレを見ると「あんた新入社員？」と机にバッグを置いて、こちらに振り返った。

「はい！」と大きな声で返事をすると、

「そんなに声張らなくっていいのよ。こっち来て」とアナウンス部と隣り合わせの薄暗い給湯室に連れて行かれた。なにをされるんだろうとドギマギしていると、彼女は滑舌のいい澄んだ声で、まくし立てるように説明を始めた。

「ここでお湯が出るから、この急須《きゅうす》にお茶を入れて、色が出たらこのポットに入れ直してね。ポットがいっぱいになったらアナウンス部に置いといて。あと、先輩たちのコーヒーの飲み方は、ここに書いてあるから、その人が来たら、すぐさま出すようにね。あとは、何時に出社だっけ？」

「九時半です」

「そう、じゃあ明日からは、八時半には来て、ここに布巾《ふきん》があるからそれでアナウンス部のデスクを全部拭《ふ》いといてね。新人に出来ることは以上。よろしくねぇ！」

あまりのスピード感に、呆気《あっけ》にとられているオレを気にも留めず彼女はハイヒールの音を響かせ消えて行った。のちに、その女性は看板アナウンサーの楢崎《ならさき》さんであることが分かった。

「なんだよ。いきなりお茶汲《ちゃく》みの説明かよ」とは思ったが、大学時代は太宰府とはいえスナックでバーテンをしていたオレだ。そつなくこなすことなどは、まさにお茶の子さいさい、なんでもござれだ。

アナウンサーと言えば、一見華やかそうに見える職業だが、新入社員なんて、どこの会社も変わらない。戦力でもないのに給料を貰うのだ。必要とされる仕事をするのみだ。

体育会系の新人出没に、アナウンス部は歓迎ムードだった。

初日から、放送に出るための研修が始まった。午前中は六畳ほどのタレント控室で腹式呼吸や原稿読みの練習。午後からはフリートークを中心とした実践。どうやらオレは、将来的に広島カープの野球中継をするために採用されたようで、研修担当のアナウンス副部長の堀内《ほりうち》さんは、

「家に帰ったら、必ず、どこかの局でカープ戦の中継をやっているはずだ。だからそれを

観《み》ながら、声に出して自分なりの実況をしてみる。休みの日には、球場に行って、人のいない客席で喋《しゃべ》りの練習をするように」と言った。

いくら元野球部とはいえ、やるのと喋るのは大違い。家に帰ってからも、ただひたすらカープ戦のテレビを見つめ、一向に進歩しない自分の喋りに頭を抱える日々が続いた。

単調な研修にも飽きが来て、時たま発声をしながら舟を漕《こ》ぎ始めた五月、スポーツ中継のベテラン上野《うえの》さんが控室にやって来た。この人は十四年前の一九七五年、広島カープの初優勝を実況したことで伝説化されていた。オレが面接を受けたときの天の声の一人で「雇って下さい」と叫んだときの笑い声の主でもあった。

「ヨコちゃん。あんたには将来、野球の実況をさせたいんだけど、ラジオのデビュー戦は十月で間に合うかな?」

今の自分の実力と、言われたことのギャップが大き過ぎて、オレは一瞬思考が停止した。そのあとすぐに現実に戻り「えーーーっ!」と叫んだ。

「上野さん、ぶっちゃけ出来ると思いますか?」

「それはヨコちゃん次第でしょ」

言われた瞬間、もう腹は決まっていたが、やはり不安と怖さがあった。

上野さんには「ヨコちゃんなら出来るよ」と言って欲しかったが、この相手を試すような言い回しは上野さん独特の表現で、投げ掛けたということは、出来ると思っているからの言葉だ。そんなことはよく分かっているはずなのに即答《そくとう》出来ない。

「んーん。むーん。今年の十月ですよね。あと五ヶ月ですよね……」

煮え切らないオレに上野さんは畳みかけてくる。

「ヨコちゃん、今、何歳だっけ？」

「はい。二十二歳です」

「十月だと？」

「はい。僕、三月二十九日が誕生日なんで二十二歳のままです」

「ということは十月は二十二歳と半年くらいだよね」

「はい」

「たぶんだけど、その歳でプロ野球の実況をやるとＲＣＣはもちろんだけど、全国の放送局の最年少実況記録になるんじゃないのかなって、さっきアナウンス部で話が出たんだよね」

「えっ！　ホントですか？」

「うん。たぶんだよ。たぶん」

ぶら下げられた人参は魅力的だった。オレはすぐさま、

「じゃあやります！」と答えた。

「返事早いな」と上野さんは、大笑いしたあと、

「じゃあ、これからの研修は、お昼に市民球場で二軍戦をたまにやってるから、それがあるときは球場で。ないときは、録音した実況を聞いて、それを修正して行くってことにさせてもらうね。詳しいことは、部長がまた説明してくれると思うから」と控室をあとにした。

テレビ・ラジオ兼営局のＲＣＣには四百人の社員がいた。そのうち一割弱の三十人がアナウンサーだ。

みんなそれぞれに、テレビやラジオの番組を持っているが、ベーシックには報道、スポーツ、情報、芸能と担当が分かれていて、なぜかスポーツだけが『スポーツアナウンサー』という称号を付けられている。ウチにいる男性アナウンサーは、例外を除いてほぼ全員が、一度スポーツアナウンサーを経て、いろいろな番組に振り分けられて行くらしい。

そして、広島カープの本拠地・広島市民球場での猛特訓が始まった。

「ピッチャー、足が上がって第一球を投げた。ストライク！　ワンナッシング」

「ヨコちゃん。第一球を投げたじゃなくって、投げました！　ね。投げたって言うときは、接戦の勝負が掛かった一球のとき。ちょっとした違いで印象がずいぶん変わるから」

「ピッチャー、足が上がって第二球を投げました！　直球。ボール。ワンストライク、ワンボール」

「ヨコちゃん、さっきから、全部、ストレートのことを直球って言ってるけど、直球にはほかにストレート、真《ま》っ直《す》ぐ、速い球、いろんな言い方があるから、それを織り交ぜていかないと実況が単調になるよ」

指導は細かな表現のことから勝負の大局に至るまで、毎日毎日行われた。

「バッター打ちました。高く上がった打球はセンターへ」

「今の打球は、滞空時間が長かったでしょ。そういうときは、打球は高ーーく上がってセンターへって言えば、凄《すご》い高い打球だったって、聞いてる方も分かるよね」

そうかぁ。これがアカデミーの大林先生が言っていた『産みたての卵』と『生まれたての卵』の違いかぁ。そう思いながら、オレは夏の日差しが照りつけ気温が三十度を超える放送席で、日々、実況練習に追われた。

その頃アナウンス部では、そろそろオレにテレビやラジオのニュースを読ませようと、実況デビューとは違う動きも始まっていた。

「ヨコちゃん、来週からラジオの天気予報と、テレビの定時ニュースをちょっとずつやってもらうから」そう告げたのはアナウンス部長の井尾《いお》さんだった。

井尾さんは大分の出身で、同じ九州から広島に就職して来たオレを気にかけてくれていた。

「アナウンサーの初めての放送を『初鳴き』って言うんだけど、これは羽ばたく前の鳥が初めて声を出した『鳴く』って言葉と、初めて声が電波として流れて、嬉《うれ》しくて『泣く』の両方が掛かってるんだよ。ヨコちゃんの初鳴きは、アナウンス部のカセットで録音しとくから、ふるさとのご両親にもちゃんと送ってあげるんだよ」と優しく語りかけてくれた。

宮崎からやって来た、ずぶの素人のオレにみんなが親切に接してくれる。それは、アナウンサーという職業に憧《あこが》れて、オレのように故郷を捨ててこの会社に来た人たちの集まりだからかなぁと思った。

初鳴きは、ラジオの天気予報だった。

その日は朝から落ち着かなかった。広島の放送に出ても、知り合いはゼロ。別に誰も気に留める人などいない。それでも、出社してから自分で淹《い》れたお茶を何度も飲んで、何度も給湯室にポットの補充に行った。

本番三十分前、気象協会から送られてきたファックスに『広島県南部』と『北部』そして、降水確率の示された数字に赤いサインペンで丸印を付けた。

最初に読む概況を二十秒、各地の天気を二十五秒。合わせて四十五秒がオレのデビューだった。

十分前、先輩たちに送り出され二階の報道スタジオへ。

放送事故を防ぐためのアナウンサー入室ボタンを押すと、扉の上のスタンバイの赤い文字が点灯する。イヤホンからは番組で流されているんであろう音楽が聞こえる。目の前のデジタル表示が十秒前を告げる。まだ、なにも喋っていないのに、口の中がカラカラだ。

5・4・3・2・1。『ON　AIR』のランプが光った。

テーブルに備え付けてあるレバーをゆっくりと上にあげる。息を吸ったその瞬間、喉《のど》の奥の粘膜がペタッとくっ付いた。

「ゴホン！　ゴホン！　天気予報です」

緊張のあまり、咳《せき》が出た。「やっちまった！」と青ざめた。そのあとは、もうなにも覚えていない。ただ、息継ぎをする音と、原稿をめくるカサッという紙の音だけが耳の中に残っていた。

アナウンス部に戻ると、オレの初鳴きを聞くために集まった、たくさんの先輩の拍手と笑い声が溢《あふ》れた。みな、口々に「おめでとう」と笑いながら祝福してくれた。そして、ひとつ年上の池本《いけもと》さんが、

「初鳴きのあとは恒例だから、明日会社に来るとき、みんなにお菓子を買って来てね。ちょっと上品な和菓子か洋菓子。私は和菓子がいいけど」とニッコリ微笑《ほほえ》んだ。

初めての出番で咳込んだことと、みんなに笑われたことに、ちょっぴりムカついたオレは、次の日、アナウンス部のテーブルに大量のもみじまんじゅうを置いておいた。

実況デビューの日が近づいていた。初実況は十月十七日広島カープ対横浜大洋ホエールズ戦、解説は高橋里志さんと決まった。

高橋さんは一九七七年カープの大黒柱として二十勝を挙げ、その年の最多勝利投手賞を受賞している名選手だった人だ。いつも笑顔で柔和なイメージだが、現役時代は問題児で、投手交代に怒り狂い、ベンチ裏の鏡を全部叩《たた》き割ったという逸話を持っている。

試合前のバッティング練習中、西日の当たるベンチで選手を見つめる高橋さんを見つけて挨拶《あいさつ》に行った。

「高橋さん、すみません。今度、僕の初実況にご一緒して頂くみたいです。申し訳ないんですが、迷惑をいっぱいかけると思います。どうぞよろしくお願いします」

すると高橋さんは、

「大丈夫だよ。なんかあったら、全部、俺が喋ってあげるよ」とガハハと笑った。

そして「ちょっと、こっちにおいで！」とバッティング練習をケージの後ろで見つめる山本浩二監督を紹介してくれた。

「この子、ＲＣＣの新人君なんだけど、今度から実況を始めるから、なんかあったら教えてやって下さいね」

オレは「おっ！　本物の山本浩二じゃ！」と心で思いながら「横山です。これから、よろしくお願い致します！」と監督に深々と頭を下げた。華やかな世界に足を踏み入れた気がして、心が躍った。

「オレ、プロ野球の実況をするのか」猛烈に実感が湧《わ》いた。

久しぶりに宮崎に電話した。オレのいつもの癖だ。なにかの節目には必ず、親の顔が浮かぶ。

世の中には『マザコン』や『ファザコン』などと呼ばれる人がいるが、きっとオレはファミリー・コンプレックス『ファミコン』なんだと思う。

受話器から聞こえる父親と母親の宮崎弁は、心地よかった。最近は、ほとんど球場で働いていること、たまに読むテレビのニュースで就職祝いに貰ったスーツが重宝していること、そしていよいよ実況のデビューをすることなど、たわいもない話をした。幸せな時間だった。

「それじゃ」と電話を切ろうとしたとき、一瞬の間があって父親が申し訳なさそうに、

「雄二、すまんけど、今、二十万くらい準備出来んか？」とぽつりと言った。

「給料が出たばっかりやかい全然いいよ」とオレはあっけらかんと返したが、心臓がピクンとなった。

そして、そうか、親父《おやじ》の事業はまだ上手《うま》く行ってないんだなと思った。時代はバブルだと浮かれているのに。

初実況はナイターだった。午後二時に球場入りしたオレは、当日用にたんまり準備した資料を放送席に置き、広島カープのベンチへ向かった。グラウンドに向かう選手たち全員に「今日が初実況です。よろしくお願いします」と頭を下げて回った。みな、最近、グラウンドでよく見かけるオレに「頑張って！」とか「おめでとう」とか声を掛けてくれる。

五年前まで甲子園を夢見る野球少年だったオレが、プロ野球の選手と話したり、声を掛けられる。

カクテル光線で煌めくこの球場は、まさに夢の舞台のようだった。観客席には、たくさんのファンがフェンスに手を掛け、選手を少しでも間近で見ようと目をキラキラさせている。

「今の気持ちは？」などと冷やかす先輩たちや解説の方と、球場のレストランで食事を済ませ、試合開始三十分前、放送席に入った。

広島市民球場の放送席は独特で、目線がほぼグラウンドと同じ高さにある。だから、喋るときは、掘りごたつの中に座っているような感覚で、投手が投げるボールがまるで自分の顔に向かって投げられているような気分になる。「よし！」と心の中で気合を入れて、発表されているスターティング・オーダーを口にしてみる。

「一番・セカンド正田、二番・ショート野村、三番・レフト西田、四番・ファースト長内、五番・ライト山崎、六番・センター長嶋」

鼻がツーンとしてきた。プロの試合が生み出す独特の緊張感と、たくさんのファンが織りなす高揚感と、それを伝える場にいる自分と、得も言われぬ感覚が自分を襲ってきて、滑舌の練習で思わず泣きそうになった。

夕暮れでオレンジ色に染まった球場の空を見上げながら、この空はふるさとまで繫《つな》がってるんだと思った。親父や母親の顔が浮かんだ。そして、なぜか高校時代に美雪に言われた言葉を思い出した。

——人になにかを伝えるって凄く大切なことだと思う。そして、その言葉で聞いた人にも『よし！　私も頑張ろう！』って思わせる。私、雄ちゃんは凄い才能があると思うよ。

選手たちが守備位置に散らばった。放送開始を告げるディレクターの右手が、オレに向けて開かれた。オレは大きく息を吸った。

「広島の街に夜の帳《とばり》が下りようとしています。しかし、レフトスタンドにはまだ強い西日も射《さ》し込んでいます。その西日を包み込んでしまいそうなカクテル光線に照らされて、今、マウンド上では広島カープの先発・足立が投球練習を行っています」

ゆっくり、確実に、はっきり、そしてリズム良く。ありとあらゆる言葉が頭の中をグル頑張れ横山。お前なら出来る。焦るな横山。今日のこの日のために必死に練習して来たじゃないか。オレはスキージャンプ選手の滑空のように、身体《からだ》をグラウンド側に斜めに倒し、目を皿のようにして選手の動きを見ていた。

「一回の表、大洋ホエールズの攻撃。左バッターボックスには一番セカンド高木が入ろうとしています。今日の解説は高橋里志さんです。よろしくお願いします」

「はい。お願いします」

「さぁ、広島カープ先発の足立は今日がプロ初先発、一球目が注目されますね」

「そうですねぇ。横山さんも、今日が初実況ですから、初もの同士ってことになりますね」

「はい。ありがとうございます。足立投手同様、私も頑張ります」

張り詰めていた気持ちが、この会話で、スーッと静まった。頭に血が上っていたのに、急に冷静になった。そして突然、頭の中がこんがらがった。

『そうだ。オレ、実況の練習はしてたけど、解説の人と話しながらの練習は全然してなかった』

焦った。大いに戸惑った。横にいる解説の人になにを聞けばいいんだろう？　これから二、三時間、二人で会話しながら進めて行かなきゃいけないのか。どうする。オレ、やってない。そうこう思っているうちに、マウンド上の足立が一球目を投じた。

「ピッチャー足立、足が上がって、第一球を投げました。ストライク。ワンナッシング」

なんか、聞かなきゃ！　なにを聞けばいい？

「高橋さん、先発足立の立ち上がりは、いかがですか？」

「そうですね。一球ではまだ分かりませんね」

「そうですよね……」

気が遠くなって行く。頭の中が真っ白だ。なにを聞く？　高橋さんになにを聞く？

「投球は二球目、足立、振り被《かぶ》って第二球を投げました。ボール。ワンストライクワンボール。高橋さん、ここまで先発の足立は二球を投じましたが、立ち上がりはいかがですか？」

「そうですね。まだ二球でも分かりませんね」

「ですよね……」

もう脳みそが行方不明になっていた。

それでも試合は当たり前のように進んで行く。なにを喋っても嚙《か》み合わない。なにを聞いても的外れ。季節は秋。漆黒の闇《やみ》が来て、幾分か肌寒いというのに、脇汗が止まらない。

そうか、野球の実況って、解説の人と二人で行うトーク番組なんだ。そう気付いたときには、試合はすでにゲームセット。

広島カープは4対2の接戦で敗れた。だが、オレの実況は惨敗だった。オレのデビュー戦は、しっちゃかめっちゃかで終わった。

放送終了後、椅子《いす》から立ち上がろうとしたが、身体が固まって、しばらく立ち上がることが出来ず、余程、身体全体に力が入っていたのか、猛烈な筋肉痛に襲われていた。プロ野球の実況って、野球部の練習よりきついじゃないか。頭脳が勝負だと思っていたアナウンサーという職業は、体力勝負なんだと実感した。そして、オレは本当の意味で、今日、アナウンサーの仲間入りをした。

広島に巨大な台風が近付いて来ていた。一九九一年九月、マーシャル諸島で発生した台風十九号はフィリピンの西海上を通り、勢力をさらに強め、そのまま日本に、そして広島に接近しようとしていた。

テレビのニュースを終えてスーツ姿のままアナウンス部に戻ったオレに、ひとつ年上の先輩アナウンサー木下さんが声を掛けて来た。木下和恵《きのしたかずえ》さんは、平日はラジオのバラエティ番組をしながら、週末はテレビのニュースキャスターを担当するＲＣＣの花形女性アナウンサーだ。

「今、ニュース観たよ。台風、スピードを速めてるけど、広島には今晩最接近みたいだね」

「そうですね。今回のはでっかい台風みたいですね」

「横山君のふるさとの宮崎は大丈夫なの？」

普段、ほとんど話しかけてこない木下さんが、オレのふるさとを気にかけてくれたことに驚いた。平生から、歳《とし》が近いせいか、逆に意識し過ぎて話しかけないように心掛けていたから、こんなに近い距離で話すのは初めてだ。ドキドキする。

「連絡はしてないですけど、たぶんなんともないと思います」

「連絡してあげたらいいのに」

「そうですね。でも、宮崎は昔から台風銀座って言われるくらい台風の多いところですから、両親も慣れたもんだと思います」

「だったらいいけど、台風が宮崎を直撃してるなぁと思って。横山君、一人暮らしだし、台風が来てなんか困ったことがあったらいつでも言ってね」

そう言うと、木下さんはそそくさとアナウンス部から出て行ってしまった。なんだ、もう少し話したかったのに。オレは、アナウンサーとして三年目を迎えていた。

仕事は順調だった。野球の実況中継に加え、広島市の広報番組も任せられ、少しずつではあるがキャリアを重ねている感があった。

体育会系の性格が功を奏してか、現場ではスタッフみんなが、オレを弟分のように可愛《かわい》がってくれた。せっかく木下さんが気にかけてくれたんだから、たまには実家に電話してみようかと夕方、洋服とビデオテープに埋め尽くされたマンションにタクシーで帰った。

すでに暴風圏内に入った台風が部屋の窓を激しく叩《たた》く。雨粒の音も徐々にエスカレートしてきた。

しかし、どうしても受話器を手にする気にはなれなかった。親父の不動産業は、相変わらず芳しくないようでバブルが崩壊したあとの電話も、

「どこのテレビを見ても、バブルが崩壊した！　バブル崩壊です！　って言いよるけど、ウチにはバブルも来んかったわ」

と笑ってはいたが、時たまお金の工面を頼まれる身としてはちょっと痛々しかった。

でも、伊勢湾台風に匹敵するような台風と自分でニュースを読んでおきながら、台風直撃の実家に連絡をしないのも薄情だと思い、プッシュホンを押した。

「お父さんや。宮崎の台風はどんげや？」

「もうそろそろ雨も風も収まって来たけど、今度の台風は、まあスゲエぞ。お前が生まれたときにここに越して来たけど、初めてかね、こんげ家がガタガタいったのわ」

「ホントや。もうすぐ広島にも直撃やとよ。したら気を付けんにゃいかんね」

「うん、宮崎もマンションやらがいっぱい停電して、ポンプが使えんようになって水が上に上がらんかい大変ってニュースでやりよったわ」

「そしたら、僕も水を溜《た》めちょかんといかんね」

そう言った瞬間、パン！　となにかが弾《はじ》けるような音がして部屋中が闇になった。

異変を察した親父が「どんげしたとか？」と聞いた。

「お父さん、こりゃ停電やわ。ウチが停電したわ。ちょっと大変やかい、いったん電話を切るわ」

「停電しても電話は大丈夫やとか？」

「うん、電話線に直に繋がっちょるみたいやから大丈夫やね」

「フューズの場所は分かっちょるとか？」

「うん、大丈夫。落ち着いたら、また電話するわ」

そう言い電話を切ると、煙草《タバコ》の上に置かれたライターを手に取り火を点《つ》けた。

外を見ると、窓を叩き続ける風雨にはっきりとは見えないが、ここは本当に広島市内のど真ん中なのかと疑いたくなるほどの暗闇だった。ウチだけではなく、どうやらこのエリア一帯が停電したようだ。

ライターの灯《あか》りを頼りに冷蔵庫の中を見た。食べ物はない。親父の言葉を思い出し、台所の蛇口をひねってみたが、一瞬ツーッとすじ状の水が出たあとは一滴の水分も落ちては来なかった。「やっぱりそうか」もちろんトイレの水など出るはずもなく、オレは途方に暮れた。

「どのくらいの時間で復旧するのかな？」非常食のつもりで買っていたカップラーメンも、

水がなければお役御免だ。外に買い出しに行こうかとも思ったが、この風雨では逆に危険かもしれない。万一、行けたとしてもコンビニだって停電しているはず。お客さんに商品を売っている場合ではない。

一人暮らしの男の部屋で口に出来るものなんて飲みかけのウイスキーか冷蔵庫に眠る缶ビールくらいのものだ。真っ暗な部屋の中、これからのことを思案していると、テーブルの上のポータブルラジオが目に入った。

野球実況の練習用に買った、その小型のラジオにスイッチを入れると、先輩アナウンサーの声が聴こえた。ニュースは、瞬間最大風速が五十五メートルを超えていること、重要文化財の厳島神社の能舞台が風により倒壊したこと、県内のいたるところで停電が発生していることなど刻々と変わる台風の情報を伝えていた。

こんな状態のとき、知っている人の声を聴くとホッとする。これがラジオの本質かと思った。非常時に安心して情報を聴いてもらうために、毎日の放送がある。平生、どうでもいいくだらない話ばかりを流してはいるが、いざとなったら傍《そば》にいる。そして、いつも聴いているアナウンサーという名のおじさんやおばさん、お兄さんやお姉さんたちの声が、たった今必要なことをいつものように伝えてくれる。オレの仕事って人の役に立つ素敵な職業なんだなぁ、そう感じた。

暗闇の中、ただ漠然とラジオを聴いていると、ふっと今日話したばかりの木下さんの顔が浮かんだ。自分でも不思議だった。

「困ったことがあったら、連絡していいって言われたもんな」

出勤用のバッグから手帳を取り出し、ライターで社内連絡用の番号を照らした。

受話器を手にし、恐る恐る数字のボタンを押した。数度の呼び出し音が鳴ったあと、聞き慣れた優しい声が聞こえた。

「あの～横山ですけど」

「あれ！　どうしたの？」

「いや、ウチが急に停電しまして、それでなんとなく木下さんに電話してみようと思いまして」

「横山君、ウチの電話番号知ってたっけ」

「はい。社内の緊急連絡用の住所録を持ってたので」

「そうか。あれに電話番号書いてあるもんね。で、なにか必要なものある？」

「いえ。マンションだから水が出ないんですが、まだこれと言って困ったことはないです」

「えーっ。水が出ないの？　それは大変じゃない」

電話というパーソナルなもので話しているせいか、いつもは縁遠く感じていた人をとても身近に感じた。

「木下さん、今、電話大丈夫だったんですか？」

「うん。今、お母さんが晩ご飯を作ってくれる最中だからそれを待ってたとこ」

「そうか、木下さん実家ですもんね」

「うん。箱入り娘だから」

ケタケタと笑いながら話す先輩に心が躍った。考えてみれば、歳はひとつしか変わらない。同じ職場とはいえ、オレはまだまだ駆け出しのぺーぺー。相手は人気の女性アナウンサー。気が引けていただけでキャリアはたった一年の差なのだ。

「台風が来るからと思って、急いで家に帰ったけど、あのときを逃してたら、きっともう会社から帰れなくなってるね」

「ホントですね。僕も木下さんから言われたから、実家に電話しようと思って。あのとき帰って正解でした」

「で、ちゃんと連絡した？」

「はい、さっき電話しました」

「偉い、偉い。で、ご両親なんて言ってた？」

「はい。オレが生まれてから来た台風で一番凄かったたって」

「宮崎の人がそう言うんだったら、今回の台風は広島でも大変そうだね」

心地よい声だった。そして、初めて電話で話すのに妙に距離感が近かった。それは相手がアナウンサーだからというのではない気がした。

「じゃあ、そろそろ晩ご飯出来る頃だから」

「そうですね。すみませんでした突然に。あっ。木下さん、今度また電話してもいいですか？」

オレは、自分の中に突如現れた下心という名の魔物を悟られないように、さらりと聞いた。

「うん。もちろんいいよ」

「ありがとうございます」

「じゃあ、横山君。今晩、もう一度電話してみて！　停電、まだ続いてるようだったら、私、明日、会社行く前に横山君とこに水と食料持って行ってあげるよ」

「えっ！　ホントですか？　でも、木下さん、ウチの場所、知ってましたっけ？」

「うん、大丈夫。私も緊急連絡用のプリント持ってるから」

木下さんは、またケタケタと笑った。その夜、オレたちは、仕事のこと、プライベートのこと。そして、これまでのこと、これからのことを夜が明けるまで話し込んだ。

いつしか、台風十九号は猛烈な被害を広島に残して去っていた。

昨夜の大雨が嘘《うそ》のように燦々《さんさん》とお日様が照りつける台風一過の朝、オレのマンションの入り口に大量の水と大量の食糧を両手いっぱいに抱えニッコリ微笑む木下さんが立っていた。その日から先輩は彼女となり、翌年妻となった。そして次の年、母になった。

「今日、病院に行って分かったんだけど、赤ちゃんが出来たみたい」

そう言われたときは嬉しかった。親になる憧れ、そして戸惑い。いろんな感情が押し寄せて、なんと言葉を発していいのか喋りのプロなのに分からなかった。ただ「そのセリフ、よくドラマや映画で観た」とニヤッとはした。すぐに宮崎に電話をした。

「お父さん、和恵に子どもが出来たわ」

しばらく間があって、父親は地声で広島まで届きそうな声で、

「ホントか！　そりゃおめでとう」と叫んだ。そして、

「えーそうか子どもが出来たか。そうかそうか子どもが出来たか」と同じ言葉を何度も何度も繰り返した。

「ずっとお父さんとお母さんの子どもやったけど、今度はオレが親になるわ」

「ってことは、お父さんは爺《じい》ちゃんか。そうかお父さんが爺ちゃんになるとか」

父親はまた繰り返し同じことを言った。

「ご先祖様も喜んじょるわ。ご先祖様に感謝やわ」

人は嬉しいことがあると、気の利いた言葉なんて出てこないんだなぁと思った。

そんな歓喜の会話から一ヶ月、会社帰りに普段通りの買い物を済ませた妻がトイレから

出てきて不安そうに話しかけて来た。

「ちょっと前からなんだけど、出血が止まらないんだよねぇ」

「えっ。でも、妊娠してるってことは、もう生理とかじゃないよね」

「うん。なんだか嫌な予感がするんだけど」

「明日にでも病院に行ってみる？」

「うん。初産だからいろんなことがあると思うけど、なんだか怖いよね」

その嫌な予感は的中していた。翌日、買って間もない携帯電話の着信音が鳴った。

「今、球場？」

「うん。でも大丈夫。病院、どうだった？」

「えっ。ホントに？」

「子ども、流産しそうなんだって」

「で、私、今、いったん家に帰ってるんだけど今日から入院だって」

「大丈夫なの、身体。今日、オレ実況だから付いて行ってあげられないけど、じゃあ今日は家に帰ってもいないんだね」

「うん。ごめんね」

「いいよ。それより身体気遣ってよね」

きっと誰でもそうだろうが、子どもの頃から病院が嫌いだった。薄暗い待合所に給食当番がするような布状のマスクをつけてグッタリとうな垂れるたくさんの患者。ここに来ると自分の生気を全て吸い取られる気さえしていた。診察室から放たれる消毒液の臭いや診察道具がぶつかり合う金属音もより一層その効果を高めていた。

入院した妻は二階にいた。四つのベッドが頼りなさげなカーテンで仕切られている大部屋だ。オレの顔を見つけると、すぐに笑顔を作った。

「こんなことになって、ごめんね」

「謝らなくていいよ」

「ちょっと前からおかしいなとは思ってたんだけど、なかなか言いづらくて」

生まれて初めての入院。そして、生まれて初めての妊娠。それが流産の危険性があると聞き、妻は明らかに憔悴《しょうすい》していた。

「切迫流産なんだって。ホントなら子宮の中に留《とど》まるはずの赤ちゃんが、外に飛び出そうとしてちょっとした振動でも今は危ないって」

「大丈夫なの？」

「あんまり大丈夫じゃないみたい。赤ちゃん、生まれて来たくないのかな？」

妻はそう言うと自分の発した言葉に悲しくなったようで、ポロポロと涙を零《こぼ》した。

「そんなことはないよ。今、赤ちゃんもお腹の中で一生懸命頑張ってると思うよ」

「生まれて来たいと思ってくれてるかな？」

「うん。絶対に思ってくれてる」

オレは妻を抱き締めた。


妻の入院生活は半年にも及んだ。

途中から妻の母が付きっ切りで面倒を見てくれたおかげで、オレはなにごともないように仕事が出来た。ただ、妻がやっていた番組は、全て代役が立てられアナウンス部は勤務繰りにてんてこ舞いだった。

中には、まだ駆け出しのオレに「お前が入院しても誰も困らないが、木下がいないのは会社にとって痛手だからな」などと心ない言葉を投げかける輩《やから》もいた。

「手を出すのが早い」だの「商品に手を付けた」だの人の生死がかかっている今、その言葉はないだろうと憤ったりもした。

でもオレは、生まれ来る命を守ろうとする妻と、なんとかこの世に生まれ出ようとする我が子を一層愛《いと》おしく思えた。そして、これまで先祖代々繋がって来た命を尊いと思えた。

「オレもこうやって生まれて来たんだ」

出産予定日は十月八日に決まった。自然分娩《ぶんべん》は危険だとの判断で帝王切開で出産することになった。

初孫の誕生を心待ちにしていた我が両親は、

「八日は末広がりやかい縁起がいいわ。帝王切開ってことは、もうその日に生まれるのが間違いないってことよね」と宮崎から高速を飛ばして八時間、鯛《たい》の尾頭付きの落雁《らくがん》を持って駆け付けた。

これまでの日々、幾多の危機を乗り越えてきた妻の表情は穏やかだった。ようやくこの日を迎えられた安堵《あんど》と、これから対面する我が子への期待からか笑顔も零れた。

オレは妻の手を握り「今までよく頑張ったね。ありがとう」と告げた。

病室のパイプ椅子に古びたお内裏様とお雛《ひな》様のように座っていた父親と母親は、気の早いオレの言葉に「ありがとうを言うのは生まれてからやがね」と笑った。

半年の間、甲斐甲斐《かいがい》しく娘の世話を焼いていた義母は、その言葉に笑いながらすでに涙を流していた。

ベッドに横になった妻には麻酔が掛けられ、磨き立ての廊下にベッドのコロコロが軋《きし》む音が響いた。意識のなくなった妻に「じゃあね」と手を振ると手術室のドアが勢いよく閉められた。

間もなくして扉の向こうから、半年前、生まれることを拒んでいた命の、か細いながらも威勢のいい泣き声が聞こえた。

ドアが開き「お父さん、どうぞ！」と手術室に招かれた。

薄いピンク色のバスタオルに包まれた新しい命は、看護師さんの腕の中で重たそうな瞼《まぶた》を閉じたまま泣いていた。

「女の子です」

オレは、その命を恐々《こわごわ》と抱きかかえると心の中で「この世界もまんざらではないから安心していいよ。未来はいつも面白いよ」と話しかけた。

父親になった。子ども歴二十六年のオレがたった今、親になった。子どもが生まれるってことは命のバトンをリレーしているようなもの。父親や母親、そして爺ちゃんや婆《ばあ》ちゃん、そしてそのずーーーっと前から命を繋いでくれたご先祖様にペコッと頭を下げた。

「これから、この子をよろしくお願いします」

病室の窓からは秋の柔らかな日差しが差し込んでいた。

# 第五章　NEVER GIVE UP!!

娘が生まれるちょっと前。「一時間半なんでも喋《しゃべ》っていい番組やらない？」とラジオの女性ディレクター高石《たかいし》さんが声を掛けてきた。

「横山君が『父となる記念』に番組をプレゼントしようと思って」

「ホントですか。やります！　やります！」

「野球が終わって、十月から三月まで半年で終わる番組なんだけど『ジューケン・キャンパススタジオ』って知ってるよね？」

「はい。三年前のシーズンオフから始まった番組ですよね」

「あれ、部長に話したら今年は横山君に任せていいって言われてね」

「マジっすか。ホントになにをしてもいいんですよね？　オレ、やりたいことといっぱいあります」

「じゃあ、企画とかも一緒に考えてもらっていい？」

「もちろんですよ。なんてったってオレは『オールナイトニッポン』で育ったようなものですからね。高石さん、どうせ半年で終わるんだったら、ちょっと無茶な番組作りましょうよ」

「そうする？　でも、放送時間が平日の夜の七時半から九時だから、仕事が終わって一番ウチの会社のお偉いさんが車の中で聴く時間帯なのよねぇ」

「だからいいんじゃないですか。無茶しましょうよ、無茶！」

高石さんは物分かりと頭がいいディレクターだった。

番組はいい意味でも悪い意味でも評判にならなければ存在意義がない。なんの反響もなんの反応もないってことは放送していないも同然。そんな考えの持ち主だった。

オレはやりたかった番組がやっと来たと思った。

受験勉強中、母親に怒られながら聴いた『オールナイトニッポン』。オレたち世代なら一度は通ったであろう、このラジオ番組。憧《あこが》れた。今をときめくパーソナリティが自由な言葉で今を語る。オレが姉ちゃんに勧められて初めて聴いたラジオ番組でもある。その頃ラジオは文化だった。そんな番組を作りたい。

「オレなりのオールナイトニッポンを作ろう！　そして、オレは半年間だけ広島のビートたけしになりきろう」

初めてゼロからやる番組作りは楽しかった。

元々がラジオ好き、元々がミーハー、そもそもが映画監督志望。もの作りはお手の物だ。

自分がメインのバラエティ、ワクワクしない方がおかしい。気分はシネマサークルで自主製作映画を撮っているときと同じだった。

野球の実況中継と、今年からスタートしたばかりのサッカーJリーグの実況を務める毎日。オレは家に帰ってからも夜な夜な、ノートに企画を書き溜《た》めた。

番組出演者は、鮮度が大事だから、オーディションで決める。

スタジオに留守番電話を設置して、毎日来るであろう苦情をそのままオンエアする。

今やチケットが一切手に入らないJリーグの選手を毎週ゲストで呼ぶ。

隠しマイクを付けたレポーターがいろんなお店で無理難題を突き付ける。

ハガキ職人を育成するため、ネタ重視のコーナーを毎日やる。

そして、これは賭《か》けだが、オレがヒール役となって世の中やリスナーに『風刺《ふうし》』という名の罵詈《ばり》雑言《ぞうごん》を浴びせ刺激し続ける。

オレは、この番組から自分を『天才！ 横山雄二』と名乗ることにした。駆け出しのスポーツアナウンサーがバラエティ番組をやる決意というか、覚悟みたいなものが欲しかったからだ。

季節は秋になった。広島の秋とは、広島カープに優勝の可能性がなくなった日からを言う。この年、カープは首位ヤクルトに二十七ゲーム差をつけられダントツの最下位。長い長い消化ゲームが延々と続いた。だから、秋の訪れは例年よりかなり早かった。

一九九三年九月二十八日。オレが勝負を賭けたラジオ番組『ジューケン・キャンパススタジオ』はスタートした。

「広島のみなさん、こんばんは。天才！　横山雄二でございます。いやぁ、今日から始まったこの番組ですけど、一体どれくらいの人が聴いてるんですかね。まぁ、どうせ半年で終わるくだらない番組ですから、いっそ誰も聴かなくていいっすよ。こっちで勝手にやってますから。聴きたくもない人に聴かれて、苦情でも言われたらたまったもんじゃないから、もう皆さん聴かないで下さい。テレビを観《み》て下さい。その方が、こっちもお客さんを選べますから。あっ！　万が一、文句のある方は、この番組、苦情専用の留守番電話が設置してありますんで、どうぞそちらへ！」

オレは、頭の中に浮かぶありとあらゆる憎まれ口を、毎日毎日、野球実況のテンポで喋って行った。いや、中学生の頃に聴いたビートたけしのスピードで話した。

リスナーからの苦情を受け付けるスタジオの留守番電話は、梶原一騎のマンガ『巨人の星』の父親・星一徹が、不満があるとちゃぶ台をひっくり返すことから『一徹のちゃぶ台』と名付けられ、番組の人気コーナーになった。

「おい！　横山！　お前、自分が天才だって言ってるけど、何様なんだよ」とか「ウチの学校の先生、依怙贔屓《えこひいき》が凄《すご》くって腹が立つんですけど」とか「親が僕のお年玉、全部使い込んでるんです。バカ野郎！」といったメッセージが一日に三百件以上も寄せられるようになった。

反応とは面白いもので、その善《よ》し悪《あ》しに関《かか》わらず、数が増えれば『反響』という言葉にすり替えられる。瞬く間に毒舌だらけの『ジューケン・キャンパススタジオ』は話題の番組になった。

その頃、オレは有頂天で「なに勝手に聴いてやがるんだ、この野郎！」「番組にハガキ送って来る金があるんだったら、赤い羽根にでも寄付しろ」「下読みの時間が無駄だから、つまんないヤツはネタ送って来るなよ！」と言いたい放題をやっていた。

正月が明けて、年を越した頃には、ラジオ局にある箱型のハガキ入れに投稿ハガキが入り切らなくなっていた。

「高石さん、番組が当たるって、こんな感じなんですね」

「そうね。実は私も番組当てたことないから、こんな感じかってしみじみ思ってるのよ」

「半年で終わらせるの勿体《もったい》ないですね」

「ホントだよね。でもいいじゃん。また、野球が終わったら来年もやれば」

「そうですね。お尻が見えてるからこのスピード感でやれてるんですもんね」

最終回には若者のシンボル的なファッションビルで公開放送も行われ、イベントスペースを中高生が埋め尽くした。薄い水色のサングラスを掛けて会場入りしたオレは、生まれて初めて積み上げられた色紙の山に囲まれ、右手にマジックを持ってにんまりしていた。

四月から九月はスポーツアナウンサー。十月から三月はバラエティのパーソナリティという生活が始まった。あだ名は『二毛作』。やりがいはあったが、家のことなど顧みることもなく、毎日、家に帰ると野球の資料を準備しているか、番組のネタを考えているかの生活だった。

出産とともにアナウンサーを辞めた妻は、初めての母親業に手を焼いていた。

協力しなければと思いながらも、オレは忙しさにかまけて育児の全《すべ》てを妻に任せっきりにしていた。次第に家は殺伐としたムードになり、オレは、またそれを理由に仕事に没頭していった。

仕事の充実とプライベートの重圧に押し潰《つぶ》されそうになっていた一九九五年一月十七日の朝、今まで聞いたこともないような地鳴りとともに家が上下左右に揺れた。

ゆっさゆっさと揺れた。オレは、寝ぼけ眼《まなこ》のままなんとか立ち上がると、妻や子に倒れてこないように寝室の箪笥《たんす》を押さえた。妻は突然抱きかかえられて泣き叫ぶ娘と、リビングに逃げ込んだ。キッチンからは何枚もの皿が割れる音が響いた。

しばらく続いた揺れが収まったあと、リビングに向かうと妻は子どもを抱えたまま「大事にしてたお皿ばっかり割れちゃった」と言いながら、ガラスの欠片《かけら》の片付けをしようとしていた。

「相当、揺れたね、震度どのくらいかな？」とテレビを付けると『震度5、京都、彦根、豊岡』と発表されていた。

「じゃあ、広島は3くらいだね」と言うと、妻は「もっと揺れたように感じたけどね」と言った。

事態はそれから大きく動いた。後片付けを一旦《いったん》終え、午後二時の出社に備えもう一度布団に入ってしばらく、妻が大きな声でオレを呼んだ。

「ねぇ！　ちょっとテレビ見て！　神戸が大変なことになってるよ」

「なんだよ面倒臭いなぁ」と聞こえないように呟《つぶや》き、まだ冷たさの残る布団から再び起き上がった。

寝室のドアを開け、ブラウン管に目をやるとオレは自分の目を疑う光景を目にした。怪獣でも出たのかと思った。子どもの頃、胸を熱くして観た円谷《つぶらや》プロの『ウルトラマン』の映像のようだった。街一帯が真っ赤な炎と灰色の煙に覆われ、死んだ蛇のように高速道路が、街のど真ん中に横たわっている。ニュース速報のテロップは「震度6・神戸」と表示されている。胸騒ぎがした。

「きっと、今日は一日中報道特番だから、あなたのラジオは休みね」

「うん。たぶんそうだね」

「神戸に知り合いいなかったっけ？」

「いないことはないけど、たった今、連絡するほど近しい人はいないね」

「それにしても、これからどうなるのかなぁ。広島と神戸って遠いようで近いもんね」

その言葉が妙に引っ掛かった。

「そうだよね。新幹線で一時間くらいのもんだよね」

「車で行けちゃう距離だもん」

さっきまで対岸の火事の気持ちで見ていた痛ましい映像が、突然、我がことのように思えてきた。


昼過ぎ、会社に行くと社内は殺気を帯びていた。

高速道路が寸断され、新幹線も動かない。あまりに大きな災害で情報の集約が出来ない。広島の放送局として、なにを伝えてなにを伝えないのか？　誰も判断が出来ない中、ただ怒号だけが響いていた。それはまるで獣の遠吠《とおぼ》えのようであり、逆になにも出来ない仔犬《こいぬ》の鳴き声のようでもあった。

アナウンス部の机にバッグを置き、ディレクターの高石さんを探す。高石さんはラジオ制作部のファックスの前で困惑の表情を浮かべていた。

「高石さん！　今日の番組、どうなるんですか？」

「あっ！　横山君。今のところ、ラジオは平常通りみたいよ」

「えっ？　こんなときにバラエティやるんですか？」

「うん。上からの話だとテレビは報道特番の体制が敷かれてるけど、ラジオは特番を受けないみたいなの。だから、いつも通りやって欲しいって」

「いや。出来ないでしょ、こんなときに」

「どうやら営業的なことらしいよ」

オレは気になって、一階のスタジオ横にある『番組用です。触るな！』と張り紙がしてある『ジューケン・キャンパススタジオ』用の留守番電話に向かった。

何台もの黒電話が並ぶ薄暗い部屋に、現在録音中の赤い点滅ランプが見えた。オレは恐る恐る留守電に近付いた。ピーっと音がした。すると中年くらいの男の野太い声が聞こえた。

「おい！　天才！　お前、普段から偉そうにしとるが、こういうとき、どんな放送するんや！　しっかり聞かせてもらうからな」

録音テープはカチャッと音を立てて止まった。

「オレになにが出来る？」

夜七時半の放送開始まで、まだ時間はあった。その間、オレは妻が言った「遠いようで近い」「車で行けちゃう距離」という言葉に思いを巡らせていた。もし、自分が災害に遭ったらどうして欲しい？　答えは出ない。高石さんは、「とにかくリスナーにファックスを呼びかけよう。困っている人たちへの応援メッセージを読み続けよう」と言った。

正攻法ではあるが、もっと違う形のアプローチがある気がして、オレは「すみませんが、ギリギリまで考えさせて下さい」と一旦外に出た。

そのとき、ふと台風十九号の夜の景色が浮かんだ。家が停電して、今の状況がまったく分からない中、唯一情報を送り届けてくれたのはテーブルの上にあった小さなポータブルラジオだった。

今、神戸の人たちは潰れてしまった家を捨て、この寒空の下、自分たちに降りかかった大災害の正体さえ知らずに避難しているはずだ。これから長引くであろう避難生活のためにラジオを送ろう。広島のリスナーに呼びかけて、携帯用のラジオを集めよう。何台でもいい、集まったラジオをオレが遠そうで近い神戸まで車で運べばいいだけじゃないか。目の前の霧が晴れた気がした。

番組が始まった。

オレは放送を通じて訴えた。

「みなさんの家にあるラジオを譲って下さい。どんな古いラジオでも構いません。新しい電池を入れてＲＣＣまで持って来て下さい」

反応は早かった。番組がスタートして間もなく、大学生スタッフの森下《もりした》が「横山さん！玄関にラジオを持った人が来てるみたいです。俺、行って来ます！」と走った。

そして、すぐに目に涙を浮かべながら「届きました！」と受け取ったラジオをスタジオに運んで来た。決して綺麗《きれい》とは言い難い、真っ黒で大きめのラジオには白い油性マジックで『頑張れ！　神戸！』と書かれていた。胸が熱くなった。

「今、リスナーさんから一台ラジオが届きました。ありがとうございます。災害に遭われた方は、きっと今、自分になにが起きているのか分からないはずです。携帯用のラジオがあれば情報を知ることが出来ます。僕が現場まで持って行きます。ＲＣＣまであなたの家のラジオを持って来て下さい」

オレはマイクに向かって叫び続けた。

一人、また一人と番組を聴いたリスナーがラジオを抱えて会社にやって来た。しばらくすると、小さなスタジオはラジオで埋め尽くされた。そして、ＲＣＣの前にはヘッドライトを付けた車の渋滞が起きた。

「みんな、誰かの役に立ちたいのだ」

番組を終えたオレたちは、スタジオに胡坐《あぐら》をかき、届けられたラジオ一台一台の電池を確認し、音が出るかをチェックした。なかには、電池が朽ちている物、故障して電源が入らない物もあったが、行動を起こしてくれた、心が共鳴したという事実が嬉《うれ》しかった。

　週末までの三日間で三千台のラジオが集まった。途中「新しい電池がないんです。電池を入れ替えて来て下さい」の声を受け、大手の電機メーカーが新品の電池をトラックで運んで来てくれた。

「これがラジオだ。ラジオは人と人を繋《つな》げてくれる。これこそがラジオの本質だ」と思った。

　目に見えない電波という空気の振動は、確実に聴いてくれている人の心に届くんだ。そして、目を覆いたくなる未曾有《みぞう》の大災害はオレをヒーローに仕立て上げた。

『横山アナウンサー、震災から三日後、神戸市役所にラジオ三千台を寄贈』

　地元の新聞が大々的に、そう報じた。


「お前、たまには由希《ゆき》ちゃんを連れて帰って来いよ。カープは毎年、宮崎にキャンプで帰って来るとに、我が息子は全然ふるさとを見向きもせんが、お母さんとたぶん、あん息子は実家の場所を忘れたっちゃがって言いよるけどよ」

　避けていた父親からの電話に久しぶりに出た。

　面倒だったので「オレだけは野球が始まる前に帰るわ」と、つい口に出してしまった。

どうせ帰るのならと、野球部のマネージャーだった西田《にしだ》に電話をした。

「久しぶりに宮崎に帰るかい、みんなに電話してみてよ。飲めるヤツがおったら集めちょって！」

例年になくその年の宮崎は寒かった。念のためと持って行ったダウンジャケットとマフラーが手放せなかった。

二年ぶりに会う父親は、思いのほか年老いていた。親元を離れていると、電話の声から想像する親の姿が、自分が小学生や中学生のときの姿だったりする。だから突然現れる現実の親を見てハッとする。

「親父《おやじ》も来年、還暦か。そりゃ歳《とし》も取るわ」

自分も年月を重ねて確実に歳を取っているのに、親だけはいつまでも、あのときのまま。きっとそれは子どもの願いなのだろう。

「由希ちゃんは、どんげか？　元気にしちょるか？」

「うん。一人で歩き回るようになって危ない盛りやね」

「そうか。もうそんげなっちょるとか」

リビングには鰻《うなぎ》を焼く、甘辛い香りが漂って来る。庭先で七輪の火を見ていた母親が、

「切迫流産で死にかけたときには、もう居ても立ってもおられんかったがねぇ。あん娘《こ》が、もう歩き回りよるとね」と嬉しそうに呟いた。

「うん。今じゃ話し相手にもなるよ」

「ホントね。それはお母さんも会ってみたいね」

「歌もよく歌うしね。今度、また新しいビデオ送るよ」

生死の境を彷徨《さまよ》って誕生した娘も一歳半になっていた。二千五百四十八グラムで生まれた身体はすくすくと育ち、今や横山家全員のスターになっていた。

出産の日以来、孫の顔を見せてもらえない父親と母親は、孫の話ならどんなことでも聞きたいようで、オレがいないときに電話をしては「お爺《じい》ちゃんですよ。お婆《ばあ》ちゃんですよ」と姿の見えない自分たちをアピールしていた。時たま送るビデオは、擦り切れるほど観ているらしい。

「で、お父さんの仕事は、どんげやと?」

「ん〜ん。まぁ、ぼちぼちやね。良くもなく悪くもなく。たぶん、お前が思っちょるままやわ」

「オレが思っちょるのは、あんまり良くない感じやっちゃけど、ってことはあんまり芳しくないってこと?」

さらりとかわしたかった親父は、少しだけ息子に言い寄られて一瞬、険しい表情になった。

「まぁ、お前に迷惑をかけるようなことはないように頑張るけど、どうしてもってときに

は お前もちょっとだけでも加勢してくれよ。そこは家族やっちゃかい」

「うん。加勢はするけど、オレも子どもが出来て、これからはいろいろと入用が続くかい、助けたいけど助けられれんってこともあることは理解してよ」

「それは分かっちょるわ。ただ、なんかあったらってことよ」

「うん。オレも分かっちょるけど、そのなんかがあったら、家族みんなが困るがね。お父さんがちゃんとしてくれんと。今までみたいに十万貸してくれ二十万用意出来んかって連絡が来ても、オレも会社員やかい、そう簡単にポンポンお金は渡せんよ」

「分かっちょるが。もういいがいいが、そん話は。久しぶりにお前と飲みよるとに酒が不味《ま》くなるわ」

只《ただ》ならぬ雰囲気に、母親が、

「どら、鰻が焼けたかい熱いうちに食べなさいよ。雄二君が帰って来るかいってお父さんが喜び勇んで朝から業者まで行って、自分で捌《さば》いたっちゃかいね。冷めたら勿体ねえがね」と香ばしい香りのお皿を差し出した。

キンキンに冷やされたビールと焼き立ての鰻を口に運びながら、なんでこんなことに巻き込まれてしまうのか、と父親を責める気持ちと、これまで親が自分にしてくれたことに比べればこんなこと……と思う申し訳ない気持ちに揺れた。

翌日、同級生の西田から電話があった。

「雄ちゃん、夕方六時くらいに迎えに行くかい、それまでに準備しちょってよ。今日は、びっくりするくらい野球部が集まるかいね。懐かしい顔がいっぱいおるよ」

「ホントや。集めてくれてありがとね。西田、オレ、ちょっと早めに家を出て、橘《たちばな》通りをブラブラしたいかい、迎えはいいわ」

「えぇっ。残念やね。雄ちゃんを迎えに行くときに、おじさんやらおばさんに久しぶりに会いたかったたっちゃけど」

西田とは小学生からの友だちだ。運動音痴ではあるが大の野球好き。オレの少年野球から高校野球までずっとマネージャーとしてスコアブックを付けていた。だから、オレの全打席、そして全ての守備を見ている貴重な存在だ。人懐っこい性格で、ウチの親も時たま現れるそんな西田が好きだった。

「たぶん、ウチの親も西田に会いてえかもしれんけど、ごめんね」

「いいわ。そしたら六時半に樹根《じゅね》の店に集合ね」

「了解!」

宮崎市のメインストリート、橘通りは閑散としていた。日が落ちかけて季節外れの寒波にマフラーをしていたことも、その活気ないムードを際立たせていた。子どもの頃、あれだけ華やかに見えた街並みもシャッターを閉めた店舗が目立ち、歯抜けの状態だった。

街中最大の駐車場赤玉を抜け、中学校時代、松山千春のレコードや弾けもしないフォークギターを目を皿のようにして見ていた西村楽器店を過ぎると、歓楽街への入り口、一番街がある。

ふっと、頭の中を「セントラル会館って、どうなってるんだろう?」という思いがよぎった。オレは一番街へは入らず、そのまま橘通りを突きあたりまで歩いた。片側三車線の大きな十字路、交番横にあの建物が見えた。セントラル会館だ。

「懐かしいなぁ。ここ、ホントによく通《かよ》ったよなぁ」

大きく口を開けた一階の入り口に入ってみると、建物中央にあったガラス張りのチケットカウンターに『ドラえもん　のび太の創世日記』のポスターが貼《は》られていた。その横に、マジックの手書きで『チケットは、それぞれの階の入り口でお買い求め下さい』の文字が。

オレは中学・高校とこの刑務所の面会所のようなもぎりのカウンターでガラス越しにおばちゃんとよく映画談議をした。

「おばちゃん『復活の日』の前売り券を買いに来たよ」

「あんた、また来たとね」

「うん。今、東宝で『影武者』やっちょるやろ。あれ、面白いと?」

「まだ、おばちゃんも観ちょらんちゃけど、黒澤明が作っちょるかい絶対に面白いわ」

「でも、角川春樹が作った『復活の日』は南極までロケに行っちょっとよ。監督は『仁義なき戦い』の深作欣二やかいね。『影武者』よりも面白いと思うよ」

「あんたは知ったかぶりをしちょるけど『仁義なき戦い』やら、おばちゃんが若い頃の映画やかい、観ちょる訳ねえがね。あんた観ちょらんやろ」

「うん。本当は観たことがない」


懐かしさのあまり、オレはエレベーターを使わず階段を昇り、二階から四階まで各劇場の入り口を迷子になった子どものように見て歩いた。

閑古鳥が鳴いたように静まり返ったチケット売り場前の椅子《いす》に、目をキラキラと輝かせたまだ何者でもなかった学生服に坊主頭のオレが座っているようだった。誰もいないひんやりとした階段に腰をおろし、しばらく思い出に浸った。

そして、せっかく放送局に入ったんだ、映画のようにはいかないまでもみんなを熱中させるような番組を作ってみたい。テレビを観た人が誰かに喋りたくなるような番組を作ってみたいと思った。オレが角川映画に影響を受けたように。

「角川春樹に会ってみたいなぁ」

なんとなく思った。会ったからどうなるってものでもない。ただ、オレを夢中にさせてこの世界まで導いた男に会ってみたいなぁと思った。そして、どんな尺度で原作を読み、どんな気持ちで映画化を進めていたのかを聞いてみたい。オレがこれから世の中をアッと言わせる番組を作るために。頭の中をグルグルと回転させた。オレは夢見がちな映画少年に一瞬戻された。

野球部の同窓会は賑《にぎ》やかだった。いつもストレッチからキャッチボールまで三年間共にした茶木がいた。最後の大会、肩を壊してマウンドに立てなかった鈴木もいる。唯一、ベンチに入れなかった富永は禿《は》げていた。大久保も、日野《ひの》も、井脇《いわき》もみんなが笑っている。あのとき、水も飲めず、かんだ洟《はな》が砂埃《すなぼこり》で真っ黒になるくらい渇き切った灼熱《しやくねつ》のグラウンドで汗と涙を流し合った仲間が、今は赤ら顔をしながら焼酎《しようちゆう》を飲んでいる。

「夏の合宿で、三原先生が練習が終わるまで絶対に水は飲んだらいかんって言って、そしたら雄二が醤油《しようゆ》を入れる魚の形の入れ物に水を吸わせて、それをグラウンド中にいっぱい撒《ま》いたがね」

「で、一日目はグラウンドに倒れ込んで、そん水をチュッて吸って、喉《のど》を潤しちょったけど、二日目と三日目は、どん魚が今日の水か分からずに、野元が古い水を吸って練習中に吐いたがね」

「あったねぇ。そんげなこと」

「夏の合宿って言えば、みんなで体育館で寝ちょったら、夜中に島崎《しまざき》がバッて布団から出てノック受ける格好をして『もう一丁！』って叫んだあと布団に飛び込んで『捕りました』って言って、そのままなにもなかったようにまた寝たがね」

「あったあった！」

明日の朝には、また綺麗《きれい》にトンボが掛けられたグラウンドにみんなが集まって、甲子園を目指し出すんではないか。話が途切れることはなかった。

十一年も前に別れた仲間はなにも変わらず、高校生のままだった。変わったことと言えば、学生服が背広になり、坊主だった髪が伸び、吸ってはいけなかった煙草《タバコ》を堂々と吸っている、それくらいのことだった。ホントにみんな変わらない。

尽きない話に笑い、声が嗄《か》れるほど喋った。でも、頭の片隅に、角川春樹の名前が居座ったままだった。オレの頭の中もなにも変わっていないんだな。

翌年、日本中を揺るがす大事件が、オレの将来を大きく突き動かした。まさに青天の霹《へき》靂《れき》だった。『オウム真理教事件』だ。

一九九六年四月。少し早めに咲いた桜の花も散り、野球ファンが待ちに待ったプロ野球が開幕した。まだ肌寒さの残る山口県玖珂《くが》郡由宇町。広島県に本拠地を置く広島カープの二軍の球場は、交通の便も悪く、人里離れた山口の田舎町にある。

ＲＣＣテレビのスタッフは中継準備に余念がなかった。二軍戦とはいえ、シーズンは始まったばかり。このウエスタンリーグの中継をしっかりやっておかなければ、ジャイアンツの全国中継もある一軍の試合などミスなく出来るはずもない。

練習中の選手にピントを合わせるカメラマン、マイクのケーブルを接続する音声マン。試合前の選手を捕まえて話を聞くレポーター。緊張感がひしひしと伝わってくる。そんな中、一塁側のダッグアウトでは安仁屋《あにや》宗八《そうはち》監督を囲んで放送関係者や新聞記者が集まっていた。

安仁屋監督は、まだアメリカ統治下にあった沖縄からプロの世界に足を踏み入れた沖縄県出身のプロ野球選手第一号だ。契約金はドル払い。レートは一ドル三百六十円。現役時代は『カミソリシュート』を武器に巨人キラーとして名を馳《は》せた。

「今年の一軍のことも気になるが、今はTBSの方が気になるよなぁ。横山君、RCCはTBS系列だよね。これからどうなるの？」

安仁屋監督からの突然の質問に、戸惑った。

「いやぁ。あれだけ大きい事件ですけど、地方局だと情報……なんにも入って来ませんねえ。逆に、僕たちがどうなるのか聞きたいくらいで」

「そうかぁ。最近、テレビ付けたら、オウムとTBSの話題ばっかりやってるから。なんか、知ってたら裏話を聞いてみたいと思ってたのに」

監督は口のまわりに蓄えたヒゲを摩《さす》りながら大きく笑った。

「すみません。僕程度の社員じゃなんにも情報ないですねぇ。ただ、ＴＢＳが見せたビデオがきっかけで、オウムが坂本弁護士一家を殺害したり、地下鉄サリン事件を起こしたってことは間違いないみたいです」

オレは週刊誌とワイドショーで得た誰でも知っている情報で誤魔化《ごまか》した。

「なにか裏話があったら、すぐに監督のところに特ダネを持って行きますよ」

入社から八年、今日はオレの今年のテレビ初実況。一年目からプロ野球の実況をしてはいるが、やはり初陣は緊張する。「さぁ今年もやるぞ！」と思っていた矢先。球団に挨拶《あいさつ》に来ていたテレビの編成部長がベンチにいるオレを手招きした。

「横山！　ちょっとすまん！」

オレは、安仁屋監督に丁寧にお辞儀をして、三塁側のバックネット裏にある自動販売機の前に向かった。部長の表情は険しかった。

「今、本社から連絡があったんだけど、お前、ＴＢＳのオウム事件知ってるよな」

「はい。今もベンチで話題になってました」

編成部長は、目を合わせることもなく話を進めた。

「で、ＴＢＳがその責任を取る意味で、ワイドショー全部を止《や》めて、番組編成を一新させるらしい。朝六時から日テレの『ズームイン‼朝！』みたいに全国の放送局を巻き込んだ番組を始めたいそうなんだが、その新番組にプロ野球の球団がある地方ではスポーツアナウンサーを出して欲しいらしいんだよ」

「はい……」

「で、ウチはお前を出そうってことになったみたいだ」

オレはきょとんとした。

「はい？」

「詳しいことは、これからだけど、頼むわ」

突然過ぎる話に、なにがなんだか訳が分からなかった。ＴＢＳ、オウム、全国ネット。どの単語も、オレの日常とは無縁の言葉だった。そして、最後に、

「だから、ひょっとすると、今日の実況がお前の最後の野球中継になるかもしれないから悔いのないように頑張れよ！」と肩を叩かれた。

「えっ！　僕、スポーツを離れるんですか？　実況アナウンサーじゃなくなるんですか？」

なるかもしれないではなく、本当にこの試合が最後になった。それからしばらくして、新しい番組に関する資料がＴＢＳから山のように送られて来た。オレの肩書からスポーツの冠が奪われ、ただのアナウンサーになった。二毛作が終わった。

お笑い芸人・渡辺正行をメインに『おはようクジラ』と名付けられた新番組は、スタートから苦戦をした。

視聴者が時計代わりにも観る朝の情報番組は視聴習慣を変えさせることが難しく、継続は力でもある。歴史のある『ズームイン‼朝！』や、人気の高い『めざましテレビ』の後《こう》塵《じん》を『おはようクジラ』は拝し続けていた。

朝三時に起き、四時に出社。番組スタートは六時。この番組を機に、夜型だったオレの生活は一変した。そして、妻は新しい生命を宿し、妊娠八ヶ月に入ろうとしていた。

「今日、お義父《とう》さんから電話があったよ。毎朝、番組観てるって」

「あの人のことだから、近所の人たちに自慢してるんだろうね。あれ、ウチの息子だって」

「でも、ふるさとを離れて十年以上経《た》ってようやく毎日、親に顔が見せられるんだから最高の親孝行よね。私も、もう少ししたら実家からお母さんに来てもらうね」

「そうだね。その方がいいよね。オレ、なんにも家のことが出来ずにごめんね」

「いいよ、気にしなくて。仕方ないじゃない仕事が好きなんだから。ただ、私も由希の出産で続けたかったアナウンサーを辞めて、今度二人目でしょ。家のことは私が覚悟を決めて頑張ろうと思ってるから、あなたも覚悟を決めて仕事頑張ってよね。あなたがお義父さんやお義母《かあ》さんを尊敬してるみたいに、今度はあなたが自分の子どもたちに尊敬される番だからね」

妻の表情は清らかだった。その顔は、オレが父親や母親から無償の愛を注いでもらっていた、そのときの顔と同じに見えた。子どもが生まれても、なにも変わらず自分のことばかりだったオレより、ずいぶんと先にこの人は親になっていた。オレは「うん。分かった」とだけ言った。

全国ネットの番組に出ているとはいえ、出演はオープニングの天気やニュース、トピックス、そしてプロ野球の結果を合間合間に伝えるだけ。月に一度ほど、十分くらい特集で広島の注目スポットなどを紹介する。

日々、あっちの街やこっちの街に移動して慌ただしく過ごす。責任のある仕事ではあるが、所詮《しょせん》、番組の歯車のひとつ。このまま、この流れに流されちゃいけない。そう思っていた矢先、男の子が生まれた。名前を大樹《たいき》とした。そして、遅ればせながら、ようやく父になった自覚が芽生えた。いや、父になろうと思った。

まだ、オレが子どもの頃、母親が、

「お父さんはあんたが生まれたとき、飲んだこともないワインを買ってきて、やっと跡取りが生まれたって嬉しそうにボトルを全部飲み干したがねぇ。そして、よし！　キヨ。俺は会社を辞めて、不動産屋を始めるぞ！　って。お母さんは止めたっちゃけど、お父さんは、会社勤めじゃ跡取りを大学にも行かせられんって。それが今の会社よ」と話してくれた。

オレにも息子が生まれた。跡取りだ。なにかを始めようと思った。広島で一番と言われるようなアナウンサーになるため動こうと思った。生まれて来たこの子が、将来オレの子どもで良かったと言ってくれるような破天荒で型破りなオレの親父みたいな人間になろうと思った。

その日から、オレは新聞の番組欄を見つめ、気になる番組をひたすらビデオで録画して行った。

仕事を終えて家に帰ると、わずかながら妻の手伝いをし、録画した番組を観ながらノートにカメラワークや司会者の立ち居振る舞い、編集の仕方やコーナーの内容、タイトルの付け方まで丹念に調べて行った。会社で空き時間があるときは、昔の番組にもヒントがあるはずと、過去の新聞の番組表まで広げてただひたすら『当たる番組』を模索して行った。

真っ白な紙のど真ん中に太文字のマジックで『ＫＥＮ《ケン》－ＪＩＮ《ジン》』と書き込んだ。

企画内容には『この番組に出て頂いたゲストはその日から全て広島県人会・芸能の部の仲間入りをして頂きます。大物ミュージシャンからお笑い芸人、俳優、映画監督、いろいろなジャンルの超一流が、今や飛ぶ鳥を落とす勢いの天才！　横山雄二と対談します。また深夜ならではのお色気コーナーも設け、人気ＡＶ女優のお宅訪問やお悩み相談コーナーも盛り込みます。硬軟取り混ぜ、金曜日の深夜一時間、男だけをターゲットにテレビ版『オールナイトニッポン』いやテレビ版『角川映画』のようなゴージャスな番組を目指します』と書いた。

息子が生まれて来て、真っ先に考えた企画が『AV女優のお宅訪問』なのかよと自分でも笑ったが、面白いと感じることに嘘《うそ》をつきたくなかった。

社会への意味や意義なんて気取ったことを言う誰にも観られない番組より、くだらないけど面白い、そんな番組を作りたかった。そして、オレはなんの根拠もなかったが「これなら行ける」と信じて疑わなかった。

企画書を持ってテレビ制作部に向かった。これまでプロ野球の実況はスポーツ部、ラジオのバラエティはラジオ制作部、全国ネットの『おはようクジラ』は報道部の管轄、オレはテレビ制作部と仕事をしたことがなかった。

放送局という場所は屋台村みたいなもので、ひとつの会社の中にはあるが、中身は独立した部署という名の会社がいくつもあるようなもので、ところ変わればまるで別会社に乗り込むような気分だった。

オレは一人の男にターゲットを絞っていた。門田大地《もんでんだいち》だ。門田さんは、今、ローカル番組ながらゴールデンタイムの制作を束ね視聴率30%を獲る、まさに会社を代表するプロデューサーだった。

テニスコートほどの広さのテレビ制作部は思いのほかひっそりと静まり返っていた。誰に言うでもなく小さな声で「失礼します」と挨拶すると辺りをぐるりと見渡した。驚くほどに知らない顔ばかり。企画書を持つ手にも力が入る。ゆっくりと前に進みながら「門田さん……門田さん」と口の中でだけ呟く。

「いた！」オレはポロシャツの襟を立て肩からスカイブルーのサマーセーターを羽織る『これぞ、ザ・テレビマン』の出《い》で立ちの門田さんを見つけた。

「門田さん！」

門田さんは椅子を回転させくるりとこちらを見ると、ニヤリと笑い、

「おう。横山！　やっぱり来たか」と言った。

なんのことだろうと戸惑っていると、

「最近、お前がテレビでもラジオでもブイブイ言わせとるって噂《うわさ》は聞いてたから、いつか番組に出して下さいってお願いに来るじゃろうなぁと予想しとったんよ」と笑った。

オレは満面の笑みで「その通りです」と言った。

「で、どんな話や」

「あの～、深夜番組の企画書を書いてきたんですけど見てもらえますか？」

門田さんは自信たっぷりに、

「それを見る前に言うが、やろう！　その企画。やるぞ！」と言った。

あまりの即答にオレは一瞬焦った。

「えっ⁉　見なくて大丈夫ですか？」

「うん。お前、その企画書、一番最初にオレに持って来たんだろう？」

「はい」

「だったら大丈夫よ。この業界な、頼む場所や人を間違って、頼みやすそうな、居心地の良さそうなところに行くヤツばっかりなんよ。お前、全然知らんオレのところに真っ先に来た訳じゃろ。それが全てよ」

「そういうもんですか？」

「そういうもんよ。で、どんな番組したいん？」

「はい。全部、東京でロケしたいんですけど、大物のゲストインタビューとか、AV女優の悩み相談とか、とにかくなんでも、いろんなことをしたいんですけど、最終的には角川春樹に出てもらう。そんな番組です」

門田さんは椅子に座ったまま、腕組みをすると、

「それいいねぇ。お前、テレビを分かってるねぇ」とニヤニヤした。

企画はビックリするほどあっと言う間に通った。あとは、今やっている仕事の整理だが、オレは『おはようクジラ』を降りるつもりはなかった。

毎朝、東京の渡辺正行を中心に北海道の近藤、仙台の石川、名古屋の阿部、大阪の古川など、各局のアナウンサーたちと苦戦を強いられながらも、全国のみんなで戦っている気

持ちが高まっていたからだ。友情とは違う、なにか矜持《きょうじ》みたいなものを初めて番組から感じていた。いや、結果が出ていないからこそ、この仲間から抜けてはいけないと考えていた。


「横山、お前、新しい番組の出演依頼がテレビ制作部から来てるけど、月曜から金曜まで朝四時出社で、おまけに出張ばっかりだから、こりゃ無理だよ」

「いえ、やります。やらせて下さい」

「そう言われても、倒れたりされたらいろいろと面倒なことにもなるし、この話は他のアナウンサーに回そうや」

「いえ！　僕、大丈夫です。大体、一緒に出演してる他の局のアナウンサーは、みんな『おはようクジラ』以外の番組もやっています。オウムやＴＢＳに翻弄《ほんろう》されて、今、自分が大切にしていた実況という職場を失った僕にとって、新番組にチャレンジすることは自分のやりがいを取り戻す再生の作業でもあるんです。そもそも、その新番組の企画書は自分で出したものでもありますし」

　アナウンス部長は勝手に突き進もうと企てるオレに、苦虫を噛《か》み潰《つぶ》したような顔で対応していたが、最終的には、

「これ、横山が自分で出した企画なの？　じゃあ反論のしようもないけど。でもさ、本当

に……倒れるのだけは勘弁してよ。まったく……」と面倒臭そうに自席へ戻って行った。

テレビ局で働いてはいるが、なぜ家のテレビが映るのか仕組みが分からない。ラジオの番組をやってはいるが、どうして自宅のスピーカーから人の声が聞こえてくるのか理論も知らない。それと同じように、放送局に入ってから一番の違和感は職場の仲間がみんなテレビに出ているということだった。

さっきまでブラウン管で見ていた人が数分後には「お疲れ様でした」と同じ服で現れる。「あれっ！　さっきテレビで」と言い掛け、「そうか、ここはそんな場所か」と納得する。

録画の番組だと、その違和感は半端なく、今まさにテレビに映っている人が自分と話をしているという、もはや映画『トワイライトゾーン』並みの不思議体験を日常で味わうのだ。それが、全国ネットの生放送なんてものを仕事にすると、テレビで自分の名前を呼ばれ『どこでもドア』みたいに「はい！　横山です」と自分がテレビに現れる。これは、どれだけ出演を繰り返しても、不思議以外の何物でもなかった。

「横山さん。今、北海道の中継ですからこのあと仙台、名古屋、大阪と来て二分三十秒後には広島が呼ばれます」

女性フロアディレクター古田《ふるた》が軍手をはめた手に息を吹きかけながら、カメラ前でスタンバイをするオレに話しかけて来た。

「渡辺さん、絡んでくるかな？」

「いえ、今日は番組の進行が押し気味だから、きっとクロストークはないと思います」

「そうかな。オレは、あの人はどんなに押してても絶対に、なんか言って来ると思うんだけどなぁ。それにしても寒いね。もう頭も口も全然回らないもん」

古田は白い息を吐きながら、時間を気にしつつ呟いた。

「この番組って朝は早いし、外からの中継は極寒だし、もう究極の罰ゲームみたいですよね。あっ！　今大阪だから、そろそろ来ます」

プラスティック製のビールケースをひっくり返した簡易テレビ台に置かれたモニターには、東京で喋る渡辺正行の姿が映し出されていた。

「次は広島です。横山さ～ん」

寒さで集中力をなくしていたスタッフ全員に生放送の緊張が走る。

「はい。北からず～っと中継が来るんで、全国のみなさんは、広島はそんなに寒そうじゃないと思われるかもしれませんが、広島もちゃんと寒いです。その昔、授業で習った瀬戸内海気候が温暖ってのは大嘘です。今日の広島は晴れ、朝方は放射冷却で一段と厳しい冷え込みとなります。現在の気温は三度。日中の最高気温はあまり上がらず七度と予想されています」

「横山さん、広島って温暖じゃないんだ」

スタジオの渡辺さんが突っ込んできた。

「そうなんですよ。実は、広島ってスキー天国と呼ばれるほどスキー場がいっぱいあって北部には豪雪地帯もあるくらい雪が降るんです」

「へぇ〜そうなんだ。全然、知りませんでした」

「そうでしょ。僕もこんなに寒いとこって知ってたら、広島の放送局には入らなかったんですけどねぇ」

「他にはどこを受けたんですか？」

「あっ！　日本全国十五社受けたんですが、全部、雪崩みたいに滑りました」

「うわ〜っ。寒いどころか痛い話ですねぇ。じゃあ仕方ありません。寒さ厳しい広島で頑張り続けて下さい」

二時間半の番組中、毎朝数回にわたって行われる全国のお天気リレー、その中でもオレと司会者渡辺さんの軽口対決は、少しずつではあるが『おはようクジラ』の名物みたいになっていた。

「古田ちゃん。渡辺さんやっぱり絡んで来たじゃない」

「そうですね。私が横山さんを軽く見過ぎてました」

「だろ！　みんなオレを欲しがってるんだから」

最後の中継を終え、スタッフは我先にと撤収を始めていた。

「あっ！　そう言えば横山さん。四月から新番組始めるんでしょ？『クジラ』どうするんですか？」

「えっ！　今まで通りやるよ」

「みんなで話してたんですけど、あれって全部東京でロケやるんでしょ。どんなスケジュールでやるつもりなんですか？」

古田は興味津々の表情でオレを見た。

「えっ！　なんで？　金曜日まで『クジラ』やったら、お昼から東京に行って日曜日まで二泊三日でまとめ撮りして帰って来るよ」

「そうなんですか？　どのくらいのペースで東京ですか？」

「今のところ、一回行ったら一ヶ月分、四週か五週分を撮るつもりだから月イチかなぁ。だから全然平気だよ」

「もう出演者とか決まったんですか？」

「うん。一番最初のゲストが吉川晃司さん、次が猿岩石、でその次がなんと渡辺正行さん、で四週目が中山秀征さんだね」

「え〜っ。豪華ですねぇ。でも、吉川さんと猿岩石は広島だから分かるんですけど、渡辺さんと中山秀ちゃんは広島と関係ないですよね」

「だから『ＫＥＮ－ＪＩＮ』に出てもらった人は、その日から広島県人になってもらいますってコンセプトになってるんじゃない」
「あっ、そうか。それは便利な口実ですね」
「だろ！　オレもこの設定は便利だと思う」

暦の上ではずいぶん前に春を迎えてはいるが、まだまだモノトーンの厚着にマフラー姿が目立つ東京駅。午前十時に広島駅を出た新幹線は午後二時にホームへ滑り込んだ。五号車の出口には先乗りしていたプロデューサーの門田が黄色いダウンジャケットで待っていた。改札口を抜け、門田は二、三十人が列をなすタクシー乗り場までオレを誘導した。

「横山。いよいよだな。俺はこの番組で広島の放送界に伝説を作ろうと思ってる。だから今日がその輝ける一歩だ」と空を見た。

いつもなら「オーバーなこと言いますね」なんて肩透かしの返事をするところだが、思いは同じだった。

「もちろんです。オレ大暴れする気でいますから、なにかあったら門田さんが全責任を取って下さいね」

オレたちは笑い合いタクシーに乗り込んだ。

大手町から皇居前、流れる景色を見つめていると、九年前アナウンサーになろうと恵比寿のアナウンスアカデミーに通い始めたときのことを思い出した。あのときは街も人もキラキラと輝いて、とても手が届かないと思っていた。道行く人もファッションも、所狭しと並ぶ駅の看板も電車の吊革《つりかわ》広告にさえときめいた。憧れ過ぎて、見向きもされないと知ると途中から街全体を憎いとさえ思った。

「東京には負けない。東京に舐《な》められてなるものか」そんな東京で、これから自分がメインの番組を収録する。なんだか感慨深かった。そして、その気持ちは今日更に大きくなった。

「東京には負けない」


『ＫＥＮ－ＪＩＮ』第一回の収録は下北沢のはずれにある小さなカウンターバーだった。営業前の店を借り切ってロケを行い、セット代を浮かすのが狙《ねら》いだ。お店の中はたくさんのボトルが並べられ、昔ながらのネオン管なども昭和の独特な雰囲気を醸し出していた。ディレクターの脇田《わきた》と対談内容の打ち合わせをしていると、外で作業をしていたスタッフから「吉川さん入られます」の声が聞こえた。

ドアを開ける鈴の音とともに高校時代からテレビでよく見ていた吉川晃司の姿が逆光に浮かんで見えた。想像以上にデカい。黒ずくめの服にサングラスをした吉川さんは長い腕をこちらに差し出し握手を求めると、

「吉川です。今日を楽しみにしていました」と微笑《ほほえ》んだ。

武者震いがした。プロ野球の実況のときやラジオのバラエティのときや『おはようクジラ』のときとは明らかに違う、自分のお店に初めてのお客さんを呼んだ気分だった。

オレはこれから『ＫＥＮ－ＪＩＮ』というお店のオーナーシェフになるんだと思った。ゲストはこのお店を楽しんでくれるか？　味は口に合うのか？　料理の順番は？　テーブルのセッティングや内装は？　全てをコーディネートするのがオレの役目なんだと思った。このお店を繁盛店にしたい。一度来てくれたお客さんが「また行きたい」と思ってくれる番組を作りたい。

ディレクターの合図とともに収録が始まった。革張りのシートに深く腰を下ろした吉川さんは饒舌《じょうぜつ》だった。寡黙で難しい性格と脅されていただけに意外な展開だった。

「オレ、吉川さんが主演した映画で『ユー・ガッタ・チャンス』ってあるでしょ。あれを高校生のときに観て原田芳雄さんが吉川さんに言った『レールを外れてみなきゃ本当の景色は見えてこないぜ』ってセリフに憧れて、今、アナウンサーのレールを外れてみたんですが、会社から相当煙たがられてますね」

「それはオレのせいじゃないでしょ。大体十年以上も前の映画のセリフで、今の人生を狂わせようとしている人に同情の余地はないですよ」

スタッフから思わず笑い声が漏れる。

「冷たいなぁ。広島県人のオレの悩みに付き合って下さいよ」

「横山さん、さっきから無理して広島県人をアピールしてますけど、本当は宮崎県人なんでしょ。エセ広島県人。収録前にスタッフに聞きましたよ」

「誰だ、そんなことを言ったのは！」

「でも、広島でこんな番組が出来て嬉しいですよ。だから、僕は普段バラエティに出ないのにこうしてやって来たんですから」

「それはありがとうございます。でも、そう言う吉川さんだって、今や東京都民でしょ」

「イヤ、僕は東京へは出稼ぎに来てるって感覚です。だから、いつまで経っても広島県人なんです」

「うわっ！　いいこと言って身を守ろうとしてますねぇ」

「本当なんです。東京は仕事場であって故郷にはなり得ない。長くいればいるほど、それを実感します」

「それを聞いて安心しました。正直、オレも、ずっと宮崎県人の感覚なんですよ。故郷がある強みって言うか、帰る場所があるありがたみってのを日々感じてますよ」

「でもそれだと横山さん的には『ＫＥＮ－ＪＩＮ』って番組のコンセプトが壊れませんか？　ゲストの僕が言うのもなんですが」

「ヤベッ！　まさか吉川さんの撒《ま》き餌《え》にすぐに引っ掛かるとは思いませんでした。今、オレ簡単に釣られましたよね」

対談は終始笑いが絶えなかった。そして、今まで見たことのない吉川晃司の新しい一面や意外な素顔を引き出せた気がした。

帰り際、吉川さんは、

「横山さん、この番組、長く続けて下さい。僕、年に一度、必ず出演しますから！」と丁寧に挨拶をしてフェラーリで颯爽《さっそう》と去って行った。

充実感があった。それは収録が上手《うま》く行ったという安堵《あんど》ではなく、走り始めたばかりの番組に仲間が出来たという満ち足りた気持ちだった。そうか、番組ってこうやって出来て行くんだ。一度きりのやり逃げではなく、出て頂いたゲストと小さな木が年輪を刻んで大木になるように時間を掛けて作って行くんだ。オレは、本物の景色を見るために自分たちだけのレールを作り始めた気がした。

衣装からピンマイクを外し、ソファーでぐったりしていると笑顔の門田さんが横に座り、

「横山、今日の収録を見て思ったんだけど、この番組をお前が三年続けることが出来たら角川春樹に会いに行こう。それをモチベーションにお前はこれからいろんな人たちと共犯関係を作って行け。この番組、絶対に当たるから安心しろ」と囁《ささや》いた。

「角川春樹……三年ですか⁉」と驚くオレに門田さんは続けた。

「うん。どうせやるんなら番組が成長して、一番目立つときにオファーを掛けよう。ヒッ

トしてからの方が絶対に視聴者の目を引く。驚く人が増える。目標はちょっとだけ先にあった方がいい。その方が頑張れるし」

数字というものは残酷なものだ。鳴り物入りで始まった金曜日深夜のバラエティ番組『ＫＥＮ－ＪＩＮ』一回目の視聴率は１・９％と発表された。視聴率が全てとは言わないが、番組の人気や注目度を測る数字は視聴率以外にはないのだ。

「視聴率なんて関係ないよ」のセリフは視聴率がいい番組のみが使っていい言葉であって、決して注目されていない番組のスタッフが呟く言葉ではない。

オレは、つい半年前まで入ったこともなかったテレビ制作部のソファーに座り、視聴率の折れ線グラフを眺めていた。正面の長椅子には演出を担当したディレクターの阿部《あべ》さんが眉間《みけん》に皺《しわ》を寄せながら、

「面白かったけどなぁ。まぁ、新番組スタートの宣伝が足りなかったと思うしかないよね」とうそぶいた。オレはオレで、

「吉川さんのところは意外性の面白さだから観てもらわなきゃ分からないけど、AV女優に会いに行く風俗探訪のコーナーはもっと跳ねると思ってたんですけどねぇ」と感想を述べた。

「ヨコちゃん。まぁ、ジワジワと攻めて行こうや」

「そうですね。オレたちはスロースターターだという設定で！」

「そうだよね。ヨコちゃんは『おはようクジラ』もスロースターターだもんね。あの番組は、いつ跳ねてくれるんでしょうか？」

「止《や》めて下さいよ。オレが出ると数字が稼げないみたいじゃないですか」

「大丈夫だよ。自分たちのものさしで番組を作ってる間は、どうにでもなる。これが、視聴者が求めてるものを……なんて言い出したら番組は船頭をなくして難破する。名選手でも打って三割。十回中七回は打ち損じるんだから」

テレビ局にいるとよく分かる。みんな視聴率がいい番組を作ろうとなんかしていない。バラエティなら面白い、情報番組ならためになる番組を作ろうとしている。でも、それが視聴率でしか判断されないので苦しむのだ。

いい壺《つぼ》を作る職人は、きっと鑑賞に適した壺を作っているだけで、値段が上がりそうな壺を作っている訳ではない。でも、壺の善し悪しはたいてい値段で決まる。だから『KEN－JIN』には視聴率が欲しい。

番組スタートから三ヶ月。今日は慰労を兼ねて広島一の歓楽街、流川《ながれかわ》で飲み会が開催された。

視聴率は依然低空飛行を続けていた。深夜のヒットと言われる5％に数字は程遠く、ディレクターは毎週、特番を作る意気込みでレギュラー番組に臨んでいた。

行き付けの焼肉屋には戦いを共にするスタッフという名の戦友が集まった。ビールで乾杯をし、しこたま肉を頬張《ほおば》る。タン塩にカルビ、ロースにホルモン、レバーに白肉、キムチがサラダのようになくなって行く。ひと通り、みんなお腹《なか》いっぱいになり箸《はし》が止まった頃、プロデューサーの門田さんが口火を切った。

「そろそろ結果を出さないと、会社の上の方がブツブツ言い出したから面倒な話になるぞ」

一番若いディレクターの脇田が、

「それは数字ですか？　それとも内容ですか？」と詰め寄った。

門田さんは「ん。両方！」と言うと「なにかを変えるか、それともこのまま行くかなんだよ」と付け加えた。脇田は、

「俺は内容はいいと思うんですよ。横山さんを中心にゲストとのトークも、風俗やAVのコーナーも面白いし、なによりこんなきわどい番組、今、どこを探してもやってないでしょ。俺だったら絶対に楽しみに観ると思うんですよ。だから、このまま走った方が得策だと思うんですけどね」と熱弁を振るった。

門田さんは「俺も、正直このままでいいと思ってる。でも、数字が変わらないってことは、なにかを変えなきゃいけないってことでもあるよな」と嗜《たしな》めた。

チーフディレクターの阿部さんは腕組みをしながらオレに問いかけてきた。

「この番組って男だけがターゲットだから、一回、風俗とAVだけで作ってみます？　ヨコちゃんのやってるAV女優のお宅訪問は、俺、編集しながらゲラゲラ笑っちゃうんで、それだけで行ってみるとか。ヨコちゃんはどう思う？」

オレはその意見に戸惑いながらも、動揺を見透かされないよう意を決して言った。

「オレはとにかく当てるためならなんでもしますよ。そもそも、番組の柱のゲストトークさえしっかりやっていれば、あとはパンツを脱ごうが肛門を見せようが、オレはなにをしても大丈夫だと思います。ちゃんと出来るヤツらが、真剣にふざけてるってのが伝わりさえすれば視聴者もバカじゃないんで分かると思うんですよね」

お色気路線に頼っている訳ではなかったが、ただ今のテレビ屋が怖がって手を出さないことをやりたいとは思っていた。その思いはみんな同じのようで、

「そろそろ、夜中にＲＣＣが変な番組やってるぞって定着しても良さそうなもんなんですけどねぇ」と呟いた。

そのとき、隣にやって来た二十歳くらいの男二人が「生二杯！」と告げたあとメニューを見ながら「この前の『ＫＥＮ－ＪＩＮ』観た？」とぽつりと言った。

オレたちは目配せをして話を止めると、その会話に聞き耳を立てた。

「横山がさ、ストリップ劇場の楽屋でステージが終わったばかりのストリッパー相手に、

エロトークをガンガンにしててさ」

「あいつこの前は東京のＡＶ女優の家に行っとったよ」

「で、スゲエ話が盛り上がってるときにゲストトークが始まって」

「ゲスト誰だったん？」

「見栄晴《みえはる》！」

「見栄晴か！　懐かしい！」

「で、見栄晴にも最近はギャンブルで食ってるだろとか、テレビはいつ以来だとか突っ込んで行って、話が盛り上がって来たって思ったら、またストリップ劇場の楽屋になって」

「あの番組、トークとエロが交互に流れるもんね」

「で、結局、なんか知らんけど最後まで観てしまって、次の日眠くて」

「横山って、朝は爽《さわ》やかな顔して全国ネットやりよるよな」

「俺最近、面白い番組あれくらいやわ」

「ウチの職場の人たちも、最近『ＫＥＮ－ＪＩＮ』が『ＫＥＮ－ＪＩＮ』がって、ＲＣＣって最近攻めた番組やってるよな」

俺たちはニヤニヤしながらみんなで目を合わせると、泡のなくなった飲みかけのビールを手に静かに乾杯をした。

以前、取材で行った小さな出版社で編集担当者が「自分が作った書籍を立ち読みしている人は見たことがあるんですが、レジまで持って行ったところを見たことはないんです。死ぬまでに一度でいいから、自分の本を誰かが買うところを見てみたいんですよねぇ」と話してくれた。オレは、その人の気持ちがたった今、分かった気がした。

「こんな奇跡みたいな瞬間には、なかなか出会えない」

オレたちは、そのあと〆の石焼ビビンバと冷麺《れいめん》を食べ、隣の二人を「今の話、聞いてましたよ」と驚かせ、次の店で朝まで飲み明かした。

このままで大丈夫。ヒットという導火線は確実に大爆発へと近づいている。

小学校六年生のとき、テレビゲーム『スペースインベーダー』が大流行した。やりたくてやりたくて、放課後なけなしの百円玉をポケットに入れて、ウチから自転車で二十分の距離にあるダイエーのゲームコーナーまで行くと、学生服の前のボタンを開け真っ赤なトレーナーを着た不良中学生がたむろしていた。ただひたすら怖くって、見つからないように遠巻きにゲームをしている人たちを見ていると、いつの間にだか時間だけが過ぎていて「お母さんに怒られるから」と、また自転車で日が暮れた坂道を懸命にペダルをこいで家まで帰った。

そんなことが毎日のように続き、気が付くとポケットに百円玉だけが溜まった。結局、みんなが持っていて羨ましかったトランシーバーを買い電池を入れてはみるものの、話す相手もなく母親に「オレに用があるときはこれで喋って」と渡すが、母親はいつものように大声で二階にいるオレを呼ぶ。

「トランシーバーで話しかけてって言ったやねえな！」と母親を罵《ののし》っているうちにすっかりトランシーバーへの思いも失《う》せ、今度は次のブームへとオレは向かった。

いつも、そうだった。流行《はや》り物が大好きで、でも長続きしなくって、次から次へみんなが向かう方角をただ追い掛けていた。自分の部屋には使わなくなった流行り物の残骸《ざんがい》が転がり、母親に「捨てていいちゃろ！」と言われ機嫌を悪くする……の繰り返し。そんなオレが今は流行を作る側に回っている。面白いものだ。


スタートから三年、『ＫＥＮ－ＪＩＮ』は今や広島の男なら知らない者はいない人気番組に成長していた。歯に衣着《きぬ》せぬ過激なゲストトークと人気ＡＶ女優とのふざけ合いに、オレは広島の街を歩きにくい程の存在になっていた。

あまりに破天荒な番組内容に異議を唱える上層部や、眉《まゆ》をひそめる社員もいるにはいたが、間違いなくＲＣＣを代表する番組になっていた。どこに行っても「横山さん観てますよ」と言われ、どこで撮影をしてもロケは黒山の人だかり、番組から出された本は売り切れ店が出るベストセラーになった。

酒の入ったネオン街ともなると、ただ飲んでいるだけなのにサインや写真撮影を求める若者の列が出来るほどだった。

「横山、そろそろ角川春樹にアポを取ってみるか！」

「はい。よろしくお願いします。遂《つい》に！　ですね」

「おう。約束だからな」

あれだけ子どもの頃から流行を喰《く》い散らかし、食べたあとは放《ほ》ったらかしにしていたオレが唯一飽きなかったものが映画だった。そして、その映画の醍醐味《だいごみ》を幼きオレに教えてくれたのが角川映画の創設者・角川春樹だった。

横溝正史の原作を市川崑監督が映像化した一九七六年の『犬神家の一族』。森村誠一を世に知らしめ佐藤純彌監督が映像化した超大作『人間の証明』と『野性の証明』。中学生のオレが映画館で朝から晩まで観続けた半村良原作の『戦国自衛隊』。映像化は不可能と言われた小松左京の原作を南極ロケを敢行して公開された『復活の日』。

もう言い出せばキリがない。そもそもオレの部屋にいつもいた薬師丸ひろ子を女優としてオーディションで選んだのもこの角川春樹なのだ。だからオレにとって角川春樹は映画を教え、女を教え、文学を教えてくれた人生の師なのだ。角川春樹がいなかったら、今のオレはここにいない。

プロデューサーの門田は落ち着きをなくしているオレに「横山、角川春樹事務所から出演ＯＫの連絡が来たぞ。お前のこれまでの集大成にしろ」と告げた。

全身の血が逆流するほどの興奮だった。オレは、これまで集めていた角川映画の資料を取りに行くためと、角川春樹に会えることを直接、親に報告したい思いから、一度宮崎に帰ることにした。

「ちょっと用があるかい来週帰るわ」と電話をすると、

「初日の晩飯は地鶏《じどり》がいいか、鰻がいいか」と父親の嬉しそうな声が受話器に響いた。

オレも二人の子どもを持つ親になったが、両親にとってオレはいつまで経っても、好き嫌いの多い鼻タレ小僧なのだろう。


冬場にはコタツにもなる見慣れた木目のテーブルには地鶏と鰻が仲良く並んでいた。仏間で線香をあげていると、父親の大きな声が聞こえてきた。

「焼き立てが冷むるぞ！」

オレは蠟燭《ろうそく》の火を手で煽《あお》いで消し、居間へと向かった。

「電話で地鶏だけでいいって言ったがね」

テレビ正面の座椅子が置かれた指定席でオレを待つ父親は、

「せっかくやから両方食べればいいがね」と、焼酎《しょうちゅう》のお湯割りを飲みながら上機嫌だった。

「地鶏と鰻は合わんとよ。地鶏のときは塩むすびときゅうりさえあればなんも要らんとに」

「そんげ言わずに食べろよ。久しぶりやろが宮崎の料理を食べるとわ」

洗い場でその会話を聞いていた母親が口を挟む。

「そしたら、塩むすびを握ろうか？　で、後から鰻をうな丼《どん》にして食べればいいがね」

オレは呆《あき》れたがなんだか気持ちがほっこりした。このウチはいつまでも変わらない。

「そんげいっぱい食べられる訳がねえがね。相撲取りでもねぇとに」

「そしたら冷蔵庫に刺身もあるかい、鰻を引っ込めて刺身を出そうか？」

「地鶏と刺身も合わんわ。もういいわ。せっかく準備してくれたっちゃから全部食べるよ」

まだ炭の熱さが残る粗塩の利いた地鶏を食べながら、今回は父親の仕事の話は止めようと思った。そして、この家で育った夢見がちな子ども気分を存分に味わおうと思った。

食事を終え、三本目の缶ビールを口に運んでいると父親が、

「雄二、今度はなんの用で帰って来たとか」と訝《いぶか》しげに聞いてきた。

いつ言おうかと思っていたオレは思い出した振りをして、

「あっ！　そうそう。オレ、来週、角川春樹に会うことになったとよ」とさらりと言った。

父親は座椅子から身体を乗り出し「はぁ？　あの角川春樹か」と叫んだ。

オレが平然と頷くと、母親は突然立ち上がり「そりゃ大変なことやが」と隣の仏間へ消えて行った。仏壇から母親の鈴《りん》を叩《たた》くチーンと言う音が聞こえる中、父親は「なんで会え

ることになったとか」と聞いた。

「オレが今、やっちょる深夜番組があるっちゃけど、それが結構ヒットしちょって、プロデューサーの人が三年間番組を続けることが出来たら角川春樹に会わせてやるわって。それで今度会えることになったとよ」

「そんプロデューサーの人は角川春樹と知り合いか？」

「うんにゃ。みんな初めて会うとよ」

「あんげな大物がお前たちの番組に出てくれるとか」

「みたいね。オレも最初話を聞いたとき、嘘！って思ったもん」

仏壇に手を合わせて来たんであろう母親も話に加わった。

「感謝やねぇ。お母さんはあんたが子どもの頃、テスト中でも部活の試合の前でも、映画に行きたいって言ったら止めたことはないわ。でも、本当はこん子はやるべきことが今はあるとになぁって思っちょったと。でも、あんたがあれだけ夢中になって追い掛けちょったものは他にはないわ。だから、あんたはお父さんとお母さんが育てたけど、あんたの感性は角川春樹って人が作ってくれたっちゃもんね。そん人に会えるとね。素晴らしいことやねぇ」

母親を見ると目頭を押さえながらも嬉しそうだった。父親はしんみりとしたムードを壊すかのように大声で言った。

「そう言えば、お前が大学生のとき映画監督になるって言って宮崎に帰って来たわ。あんときお父さんがアナウンサーになったら角川春樹に会えるかもしれんぞって言ったけど、あん予言が本当になった訳やね」

うっすらと涙を浮かべる母親は、

「お父さんもお母さんも、あんたにいいことがあると嬉しいがね。なんでやろかね、昔から自分になんかあったときより、あんたになんかあったときの方が何倍も嬉しいがね。ホントご先祖様に感謝やねぇ」としみじみ語った。

家族っていいなぁ、と思った。そして、この二人の子どもで良かったなぁと感じた。

次の日、二階にある自分の部屋に上がり、押し入れの中に仕舞われていた映画雑誌、『ロードショー』や『スクリーン』そして『バラエティ』を広げた。

黴《かび》の匂《にお》いが鼻の中に広がる。誌面には薬師丸ひろ子や松田優作、原田知世や渡辺典子の笑顔と、作品について熱く語る角川春樹の姿があった。

なんだか、この中に自分の夢の欠片《かけら》が全部詰まっている気がした。そして、この部屋にいた中学生の自分に「将来、お前はこの憧れの人たちと会えるんだよ」と教えてあげたら一体、どんな顔をするんだろうと思った。夢って、時たま叶《かな》うんだなぁ。

左手に武道館が見えた。しばらく走ると右手には靖国神社がそびえ立っていた。ジョギングをしているランナーの姿を落ち着きのない目で追う。タクシーはウインカーの音をカチカチと言わせると左へ曲がった。

「ここですね」と降ろされた場所に角川春樹事務所のあるビルがあった。

なにを着て行こうかと散々悩んだ挙句、今日だけスーツってのも格好悪い。オレはいつも通りTシャツにジーンズ姿で事務所のある近代的な建物に入った。

到着すると受付らしき女性が、「社長はまだ会議中ですので、先にセッティングをお願いします」と丁寧な口調で言った。

この建物に入ってから、まだ一、二分しか経っていないのにもう喉が渇く。口から心臓が飛び出すどころか、心臓に自分の身体が入っている気持ちになった。

ドキドキする。あと数分すると角川春樹と話が出来るのかと思えば思うほど、なにを話せばいいんだと、まとまらない頭の中を心配した。「落ち着け。落ち着け」オレは、油が差されていないキコキコと音の鳴る台車に、大きな段ボール箱二つを載せて収録が行われる社長室へ向かった。

スタッフは素早い手つきで照明を設《しつら》え、あとは部屋のど真ん中に対談用のソファーを並べれば準備は完了だった。万全とは行かないまでも愛を伝えられる準備はしてきた。思いを伝えたい。好きになってもらいたい。そんなことを考えていると、後ろから「会議が終わったから、もう始めよう」と子どもの頃から聞き慣れたあの声が聞こえた。

「えっ！」と振り返ると、スーツ姿に身を包んだ憧れの男が目の前にいた。

急に怖くなり「やっぱりスーツで来れば良かった」と心の中で叫んでいると、「君がインタビュアーか？」と憧れの男は嬉しそうに微笑んだ。

「はい。横山雄二と申します。今日はお会い出来るのを楽しみにしていました」

「オファーを受けたときに聞いたんだけど、君は僕の大ファンなんだって？」

「はい。ファンというよりも角川さんは僕にとって神様みたいな人です。今、僕がこうして放送の世界にいるのは角川さんがいて下さったおかげです。ありがとうございます」

角川春樹は顔をクチャクチャにして笑うと、

「時間が勿体ない。もう収録をしよう」と音声マンに自分のスーツにピンマイクを付けるよう促した。

演出担当の戸倉《とくら》は慌てて「じゃあ、もう廻《まわ》して下さい」とまだカメラも持っていないカメラマンにキューを出した。こんな大事な収録が信じられないほどバタバタと始まった。

でも、オレは肝が据わっていた。この出会いのために今まで頑張って来たんだ、上手く行かないはずがないと腹をくくった。オレはまず用意した段ボール箱を開いた。

「実は角川さん、僕は中学一年生で角川映画を好きになって、それから角川さんの資料を今もずっと集めてるんですけど、これちょっと見てもらえますか」

箱の中には、これまで角川さんがプロデュースした作品のパンフレットやスクラップ、シナリオ本にビデオテープが収められていた。

「これは全部、君が集めたの？　凄い量だね。懐かしいなぁ」

角川さんは目を細めた。

「実は、こういった資料って事務所にはありそうでなくってね。ついこの前も作家の森村誠一と、お前『人間の証明』のパンフレット持ってるか？　って話になって、実は俺も森村も持ってないって笑ってたんだよ」

オレは『戦国自衛隊』のパンフレットを手に熱い想いをぶつけた。

「この作品が僕の人生を変えました。これを観ていなかったら、僕はここにいないし、この番組もないし、そして角川さんにお会いすることもありませんでした」

角川さんは腕を組みながらニンマリと口元を緩ませた。

「『戦国自衛隊』ってウチの会社が初めて作った正月映画なんだけど、今頃になって、これを観たから映画会社に入ったとか、君みたいにテレビ局に入ったって人にたくさん会うんだよね。作った側からするとありがたいやら申し訳ないやらの気持ちになるんだよね」

オレは目の前にいる角川さんの笑顔を見ながら、中学生のとき宮崎の東映パレスで『戦国自衛隊』を観たときのことを思い出していた。

中学一年、まだ野球部で坊主頭だったオレは、母親から正月用に買ってもらった赤と灰色のスタジアムジャンパーを着て、寒風吹きすさぶ中、手袋もせず自転車を飛ばし、先輩に私服で映画館に来ているのが見つかったら目を付けられると、うつむきながら劇場に入った。

前の上映が終わったのに、誰も席を立たず、結局階段に体育座りをしてスクリーンを見つめた。戦車が発するキャタピラーの音、戦いに挑む戦国武将たちの叫び声。後ろから突然聞こえるヘリコプターの大音量。そのどれもが刺激的で、ラストシーンを見届けたあと階段から立ち上がることが出来なかった。「もう一回観よう」とようやく空いた席を見つけ椅子に腰かけると、今度は俳優たちの生き生きとした演技と映像のダイナミックさ、次から次に流れてくる挿入歌に酔いしれた。興奮が止まらなかった。身体中が熱を発している気分になった。

「映画ってスゲエーーーーーーッ！」

とっくの昔に日が暮れた帰り道、自転車を立ち漕《こ》ぎしながら風の冷たさなのか感動なのか、ポロポロと零《こぼ》れてくる涙をスタジアムジャンパーの袖口《そでぐち》で何度も何度も拭《ぬぐ》いながら家に帰った。

オレンジ色の灯《あか》りに照らされた窓。玄関の扉を開けたときの両親の顔、そのあと映画の内容を必死に喋りながら食べた夕食。その全てが映画だった。角川さんが作った映画には思い出という温度があった。

真《ま》っ直《す》ぐにオレを見つめて語る角川さんに、

「これまで、ありがとうございます。ありがとうございます」と、まるで念仏でも唱えるかのように心の中で何度も何度も呟いた。

「流行って、今あるもののすぐ隣にあるもんなんだよね。僕が手掛けた出版や映画、そして音楽なんてものは僕がプロデュースするずっと前からあった。でも、その視点や角度を変えてみせると途端に新しいものに生まれ変わる。破壊と創造、直感と経験、そのものさしを自分の尺度で測れれば、それは流行からオーソドックスなものになるんだよ」

一時間の収録を終えると、角川さんは「君に会えて良かった。また会おう」と言った。そして別れ際「退屈な大人になんかなるなよ」とオレの手を握った。それはまるでオレが今まで観て来た角川映画のラストシーンのようだった。

いいことがあれば悪いこともあるのは世の常だ。TBSの全国ネット『おはようクジラ』が終わることになった。全国の仲間と共に寝る間も惜しんで戦ってきたが、視聴率という魔物にあっという間に飲み込まれてしまった。

どんなに思いを込めたって、番組が終わるときは驚くほど呆気《あっけ》ないものだ。悔しさよりも腹立たしさの感情が大きくなる。部長からは「スポーツアナに戻るか？」との打診もあったが、今や広島の人気アナウンサーになったオレは三年前とは思いも立場も違っていた。オレは一度離れた職場にもう戻る気にはなれなかった。

「今日言われたんだけど、『おはようクジラ』視聴率が悪いから終わるんだって」

台所で子どもの弁当箱を洗っていた妻は驚いた表情でこっちを見た。

「えっ！　ホントに？　せっかく最近、認知され始めたのにね。宮崎のご両親、残念がるねぇ。もう連絡した？」

「ん？　まだ」

「たぶんショックを受けられるだろうから、早く連絡しといた方がいいよ」

「うん。しとく」

結婚してからオレは家で仕事の話をほとんどしなかった。するのが嫌だった。オレと結婚したことで志半ばでアナウンサーを辞めた妻に、なんだか申し訳ない気持ちが常にあったし引け目もあったからだ。

「しとくじゃなくって今すればいいのに」

「うん。まだ新しい番組のことも聞いてないから、それが分かったら電話するよ」

「今度の番組って、ウチからは誰が出るの？」

オレは面倒臭くなり、こう言った。

「もう全国を繋いで中継しないんだって。だから誰も出ないよ。これで終わり」

「そう。だったら、それで宮崎に連絡すればいいだけじゃん。で、実況に戻るの？」

「うん？　戻らないよ」

妻は険しい顔で振り返った。

「え？　なんで？」

「だってもう誰かのことを喋るんじゃなくって、自分のことを話した方がいいもん」

「私はスポーツアナに戻ってもらいたいけど」

オレは手持ち無沙汰《ぶさた》にコーヒーを手にすると「なんで？」と聞いた。

「だって、来年から由希も小学校に入るじゃない。そしたら、今のバラエティの仕事してたら由希いじめられるよ。お父さんがテレビ付けたら裸の女の人とバカ話してたりゲームしてたりしたら」

「夜中の番組なのに小学生が観る訳ないじゃん」

妻の口調は次第に激しくなった。

「子どもが観るんじゃなくって、子どもの親が観てるのよ。今だって『最近、横山さん夜中の番組頑張られてますね』って、お母さんたちはみんな冷やかに私を見るのよ」

「そんなこと気にする必要ないじゃん。仕事なんだし」

「だから、その仕事を私のためにも子どものためにも選んでって言ってるのよ」

オレは頭では理解出来てもそれを認めたくない気持ちが湧《わ》き上がり、つい声を荒らげた。

「実況みたいに黒子をやるよりも、自分が前に出て番組を仕切ってる方がよっぽど大変なんだよ！」

しかし妻は鬼気迫る様子で譲らなかった。

「大変なのは、こっちの方よ！　もうくだらないバラエティなんか止めてくれる⁉」

翌日、宮崎に電話をした。電話には母親が出た。

「お母さん、今日は残念なお知らせやっちゃけど。『おはようクジラ』終わるかい、これからもう宮崎でオレのこと観られんくなるわ」

突然のことに母親が明らかに落胆したのは声で分かった。

「あらっ、ホントね。それは残念やねぇ。近所の人たちも毎日、息子さん今日も頑張っておられましたねぇって話し掛けてくれるかい、お父さんもお母さんも鼻が高けかったちゃけど」

年老いた両親の一番の楽しみを奪う結果に心が痛んだ。

「うん。ごめんね。でも、これぱっかりはオレだけではどうしようも出来んしね」

「次はどんげな番組やと？」

「もう全国を繋がずに東京だけで作るみたいよ」

「そうね。冷たいもんやねぇ。そしたらもうお母さんは、近所の人にも他のチャンネルを観て下さいって言わんにゃいかんね」

「うん。まぁそこまで言わんでいいけど」

「雄二君、もらった電話で悪いっちゃけど、実はお父さんがね、大変でね」

嫌な予感がした。最近はその話題には敢《あ》えて触れないようにしていたのに。きっとお金の話をされると思った。

「お父さんがどんげしたと？」

「最近、ずっと疲れやすいとか腰が痛いって言いよったっちゃけど、病院に行ったら腎不全でよ」

予想外の話にオレは困惑した。

「腎不全って？」

「もう腎臓が全然動いちょらんとと。それで近々、人工透析《とうせき》を始めんにゃいかんみたいやわ」

母親の声は一層沈んで行った。

「お母さん、ごめん。オレ、病気のことがよく分からんっちゃけど、人工透析ってどんげなことになると？」

どうやら父親の腎臓はほぼ死んだも同然で、これからは血液を循環させるために一週間に三度は病院に行かなければならないらしい。溜池《ためいけ》のようになった身体は歳を取るのが速くなり、先生の話だと通常の二倍から三倍のスピードで老いて行くらしい。

「大変なことになったね。病院で血を循環させるのは結構時間が掛かると？」

「うん。お母さんもあんまりまだ分からんちゃけど、一回行くと五、六時間は掛かるらしいわ」

オレは申し訳ないとは思いながら、すぐにお金のことが頭に浮かんだ。

「まだ借金はあるっちゃろ。お父さん仕事はどんげなると？」

冴《さ》えなかった。なにをしてても楽しくなかった。妻はオレの仕事を否定して、父親はこれから借金を抱えたまま病院通いになる。

なんなんだよ、これ。オレは自分の未来をどんどん閉ざされて行くような気持ちになって行った。どうすればいいんだ。自暴自棄になった。

今流行りの自己啓発本なんかを見ていると「幸せだから笑うんじゃない。笑っているから幸せになるんだ」なんて書かれている。そんなものは嘘っぱちだ。オレたちの仕事なんて、どれだけ微笑んでどれだけ笑っても、心にある闇は消えない。逆に笑っていると自分がピエロにでもなったような気がしてどんどんとその闇は大きくなる。テレビのセットと同じで後ろはベニヤ板でも、表さえちゃんと見えていればいい。オレは荒れた気持ちのままバラエティ番組という商品を送り出していた。

金曜日の深夜、自分の出ている番組を自分の部屋で観ていると「コイツ、なにへらへらしてんだよ」と腸《はらわた》の煮え繰り返る思いでいっぱいになった。今、オレは地べたで溺《おぼ》れている。

事件は起こるべくして起こった。日差しが優しく降り注ぎ、空には鰯雲《いわしぐも》の鱗《うろこ》が規則正しく並んでいた。心地よく吹く風は秋の訪れを告げ、お城を囲むように出された露店はたくさんの人で溢れ返っていた。

オレは二日間で八十万人を動員する恒例イベント『広島城秋祭り』の舞台に立っていた。特設ステージの前に設置された三百を超えるパイプ椅子に空席はなく、立ち見のお客さんが出るほどの盛況ぶりだった。オレはいつものように会場内のお客さんに毒を吐きながら、ラジオの公開生放送をやっていた。

「こんないい天気の休日に、これだけたくさんの暇な方たちが集まって下さってホントにありがたいです。今日は四百軒以上の出店が出てるそうなんですけど、値段の設定がイベント料金で意外と高いんです。だから、きっと貧乏な会場の皆さんは、なにも買えず香りだけ味わって帰られるんでしょうね」

客席からクスリと笑いが起こる。

「でも、今日の女性のお客様は思いのほか身なりをキチンとされてる方が多くってビックリしました。ほら右手の前方には洋風のお召し物のフランス人形みたいな方がいらっしゃるでしょ。で、ちょうど真ん中あたりには和服をビチッと着こなされた日本人形みたいな方もいらっしゃいます。まぁ、他のお客さんはほぼ藁人形《わらにんぎょう》みたいなものですけどね」

会場にドッと笑い声がこだまする。

二時間の生放送は、ハガキのネタコーナーにクイズ、旨《うま》いもの中継やゲストの歌など次から次への展開。客席は大いに沸いた。そして、オレ自身も楽しんだ。満足のいく内容だった。終了後はたくさんのお客さんに囲まれてサインや握手、写真撮影を行った。スタッフを引き連れ会社に帰ると、先にイベントを終えた仲間たちから「お疲れ様でした」と拍手が起こった。

オレはファンから貰ったプレゼントを紙袋に詰め、帰り支度をしようとしていた。すると、だだっ広いラジオ制作部の一番奥から「おい！　横山！」と大きな声がした。後片付けをしていた二十人ほどの社員も一斉に声の方角を見た。見ると局長がオレを呼んでいる。オレは荷物をデスクに置き「なんですか？」とラジオ局長の元へ向かった。

局長はゆっくりと近付いて来るオレを待つこともなく、部内全てに聞こえるような声で、「お前さ、ステージでの振る舞いが下品なんだよ」と叫んだ。

なにごとかと成り行きを見守った。

「人前で水を飲むんだったらコップに入れるとか、人目に付かないところで飲むとか、いろんなやり方があるだろ。床に置いたペットボトルを直に飲むってお客さんの前で司会者がやることか？」

オレは「それがどうした」と思いながらも、あまりの剣幕に、

「すみませんでした。油断してました。以後、気を付けます」とペコリと頭を下げると、また自分の席に戻ろうと局長に背を向けた。局長の怒りは収まらないようで、立ち去ろうとするオレの背中に向け罵声を浴びせた。

「お前は最近、ちょっとチヤホヤされてるからって調子に乗ってんだよ。テレビでも女の尻を追っかけ回してヘラヘラして、ありゃ笑わせてるんじゃなくって笑われてるんだよ。それに気付かないお前の下品さが今日のステージに全部出てたよ」

オレは局長から十メートルほどのところで立ち止まると、振り返り再び叫ぶ男を見つめた。男は憎悪に満ちた表情だった。

「前から思ってたけどお前は育ちが悪いんだよ。どんな教育を受けたのか知らんが、オレがオレがって自分のことばっかり。親の顔が見てみたいわ！」

突然、親のことを言われ、オレは全身の毛が逆立った。怒りで手が震えるのが分かった。咄嗟《とっさ》に机の上にあった灰皿を摑《つか》むと、局長に向かって投げつけた。物凄い音がした。壁に当たった灰皿は女性社員の悲鳴と共に粉々に砕けた。

「ふざけんな！　オレのことならまだしも、親のことを馬鹿にしてんじゃねぇぞ！　お前になにが分かる！　気にいらねえんだったら番組を降ろせばいいじゃねえか！　ラジオなんか辞めてやるよ！」

そう叫ぶと、オレはあたふたとするスタッフの気配を感じながらラジオ制作部をあとにした。

その夜は眠れなかった。

目を瞑《つぶ》るとオレを汚いものでも見るかのように見下した、あのときの局長の顔がスローモーションのように浮かんでくる。気持ちがコントロール出来ず、まだ手が震えていた。

怒りの感情が次から次へ溢れ出し、何度も寝返りを打っては時計を見た。

「もっと、ああ言えば良かった。こう言えば良かった。なんなら殴れば良かった」そんなことが頭の中をグルグルとした。でも、きっとあの局長の言葉は、あの人の心の中にだけある感情ではなく、多くの社員がオレに対して抱いている思いなのだろう。

ステージでの振る舞いのことを罵られたが、それは違う。今のオレの社員としての動きにあの言葉を重ね合わせたのだろう。「お前だけ好き勝手しやがって」きっと、そう思っているのだ。出る杭《くい》は打つ。いや、出る杭を抜こうとされている気がした。

「横山が暴れた」との噂はすぐに広まった。

敢えて、よそよそしく振る舞うスタッフが出てきた。廊下で挨拶をしても無視する社員も現れた。腫《は》れ物に触るかのように、誰もオレに話しかけて来なくなった。みんなが笑っている職場の扉を開けると、急に全員が黙り込んだ。

「あいつ、アナウンサーのくせに、前からタレント気取りだったよな」とか「いい気になってるけど、横山の苦情で広報部は大変らしいよ」とか「やりたいことだけやるんなら会社辞めればいいのに」とか。鬱積《うっせき》していた不満がオレの耳にも届いた。

そして、オレは、自分が発した言葉通り、ラジオのレギュラーを全て失った。

明らかに孤立していた。干されるってこういう感じなんだ。オレはなんでこんなことになったんだろう。オレはただ面白いものが作りたいだけだ。みんなに注目される番組を作って楽しんでもらいたいだけだ。それのなにが悪い？　放送局ってそんな場所じゃないのか？　誰にも届かない自問自答を繰り返した。ブレないことと、変わること、どっちが正しいんだ？　開局記念日のラジオ特番、オレは入社二年目の後輩が抜擢《ばってき》される中、電話番に回された。スタジオではたどたどしい喋りの後輩が原稿を読む。

「さあ、今日の電話リクエストはスペシャルです。電話口にみなさんご存知のアナウンサーが出てくれます。誰が出るかは、電話してのお楽しみ！」

オレの名前がコールされることさえなかった。オレは、目の前で鳴り続ける黒い電話を奥歯を嚙み締めながら取り続けた。

「はい。もしもし。お電話ありがとうございます。この電話、アナウンサーの横山が取りました」

誰もいなかったら、きっと悔しさで涙が流れていた。ついこの前まで、オレはこの会社のエースだったはずだ。なんで歯車が狂った？　腐ってはいけない。進むしかない。そう思いながらも後悔の気持ちがない訳ではなかった。でも、ヤツらに歩調を合わせたら、オレはただの放送局員に成り下がってしまう。そんなことを考えていると、ふっと、角川春樹の言った言葉を思い出した。

——オレのものさしはみんなのものさしと違う。だから当たったし、嫉妬されたんだよ。

故郷を捨て親元を離れ見知らぬ土地にやって来たのは、自分のやりたいことや才能を生かすためだ。オレは自分のものさしで動こうと思った。ケチの付けようのない結果を残して、経過自慢をするヤツらを凌駕《りょうが》してやろうと思った。

素晴らしい作品を残した芸術家がいい人だったとは限らない。それと同じでいい社員がいい放送人ではないことをオレは身を以《もっ》て証明してやると思った。オレは強くて逞《たくま》しい番組という商品を作り続けてやる！

「NEVER GIVE UP」オレは中学時代、自分の部屋に飾ってあった角川映画『野性の証明』のキャッチコピーを思い出していた。

「門田さん、広島中の放送局のヤツらがアッと驚くような企画やりましょう！」

「いいねぇ。俺は転んでもただでは起きない、お前のそういうところが好きよ」

「今までと違う暴れ方しましょう！」

ありがたいことに、今や社内では誰も手を差《さ》し伸《の》べてくれない不良社員扱いのオレに、番組のスタッフたちは温かかった。

実際、オレは番組スタッフと揉《も》めたことがない。番組論を戦わすことがあるにはあったが、それはいい商品を作る上では必要な儀式だ。

毎日、テレビやラジオの生放送をしながら足繁《あししげ》く編集室に通い、ディレクターの後ろでずっと編集を見つめていたオレの番組への本気度を誰よりも分かってくれていた。

オレはスタッフ全員を会社近くの焼肉屋に集めた。なにかまた大風呂敷を広げるんだろうとみんなはオレを興味津々の表情で見つめていた。

「皆さんご存知の通り、わたくし横山は、先日ある問題を起こしまして現在苦境に立たされております。会社の方々から見ると、わたくしはどうやら問題児のようで、今レギュラー番組がこの番組一本という体たらくぶりです。そこで、そんなダメ社員のわたくしに是非お力を貸して頂きたくお集まり頂きました」

ディレクターの脇田がオレの勿体ぶった言い回しに、

「なんかそんな雰囲気いらないですから、なにをしようとしてるのか早く言って下さいよ」と茶々を入れた。

オレは笑いながら続けた。

「いや。これから言いますことは番組スタッフの皆さんにとっても大事なことです。ですからごゆるりと話を聞いて頂きたい」

今度は髭《ひげ》を蓄えた石原《いしはら》が、

「そのペースで喋るんだったら、先に肉の注文をしていいですか？」とおどけた。

「いいえ。お肉を注文する前に話しておきたいことでございます」と呆れた顔をした。

同期の戸倉が、みんなを見渡し「いいよ。先に肉を頼んじゃお」と言って、一度みんなをグルリと見て、
オレは、もうこれ以上ふざけてもまどろっこしいだろうと一度みんなをグルリと見て、こう言った。

「じゃあ、注文する前にちゃんと言うわ。オレさ、歌手になろうと思うんだよね」

三人は一瞬「……………」となったあと一斉に笑った。

「えっ。歌手ってなんですか？」

「歌手は歌手だよ。あのさ、オレ今、干されてるじゃん。でも、番組はこれまでテレビもラジオもちゃんと当ててるんだよね。それでも社内的に危ないヤツのレッテルを貼られてるのは、オレの番組での言動が問題なんだと思うんだよね」

髭の石原が大きく頷く。

「そうですね。横山さん、元高校球児だからなにげに礼儀とか誰よりもうるさいですもんね」

「そうだろ。なのに会社のヤツらはバカだから、番組内のオレの言動を出演者としてじゃなくって、社員として判断してるんだよ。ということは、オレはいくら普段ちゃんとして

てもバラエティ番組をやってる間は一向に評価されることはないんだよ」

みんなは、この人なにを言ってるんだって顔でオレを見つめ続ける。

「だったら、オレは、もう番組で好きなことだけをやって行こうって決めたんだよね」

「それで歌手？」

「そう。別に歌手じゃなくてもいいんだけど、これからオレはこの番組をヒットさせ続けて、会社の人間が悔しがることだけをしていきたいんだよ」

戸倉が真面目な顔で「横山が歌手をやってみんな悔しがるかな？」と聞いた。

「悔しいと思うよ。アイツ干したら大人しくなると思ったのに、逆にどんどん付け上がって行きやがるって」

「あっ、そうか。でもあんまり刺激すると、番組を終わらされるんじゃない？」

「大丈夫。歌手は歌手でも売れる歌手になるから！　番組とかオレとかを潰したくても潰せないくらいの話題を作るから」

「そんなこと出来る？」

「出来る！　オレには秘策がある！」

秘策というよりも、オレには勝算があった。いや、相も変わらず根拠のない自信があった。

放送人としては入社十年ちょっとの若造だが、流行り物を追い掛けるミーハー歴はもう二十年を超えている。自分自身を商品化してミーハーの対象にしてやろうと思った。『天才！　横山』をブランド化してやろうと。

オレの作戦はこうだった。

番組の人気を知ったあるレコード会社から「CDを出さないか」とオファーを受けたとの設定にする。オレは「歌は苦手だから」と断り続けるが、あまりの熱意に仕方なくそのオファーを受ける。ただ、自分一人では心許《こころもと》ないので「仲間を引き連れてデビューならOKを出す」と宣言する。まず、その仲間は誰だろうと思わせ企画を引っ張る。歌うメンバーが決まったところで、レコード会社は「せっかくならば、横山さんに作詞もお願いしたい」と無茶なことを言い出す。オレは、また条件を出す。「大物作曲家が相手をしてくれるのならば受けようじゃないか」と。作曲家探しが始まる。ある一人の大物に依頼をすることに決まるが、本人はなかなかOKを出さない。仕方なくオレが直談判《じかだんぱん》してなんとか了承を取り付ける。その日から、オレと作曲家のメールによる曲作りが始まる。しかし、素人のオレの作詞には毎日のようにダメ出しが出る。オレは毎晩、自宅で作詞活動に悶絶《もんぜつ》する。オレがメールしている相手は誰なんだろうと視聴者が痺《しび》れを切らしそうなタイミングで作曲家が発表される。楽曲は苦難の末、完成を見る。東京にレコーディングに行く。慣れない歌に苦戦をするが、スタッフやレコーディングチームの結束により無事、収録を終える。ホッとしたのもつかの間、ジャケット撮影や発売プロモーションと次から次に押し寄せる未体験の出来事に振り回されて行く。そして、いよいよ発売日を迎える。さぁ果たしてこのCDはどれだけ売れるのか？

オレは、考えた壮大な計画をまくしたてるように一気にスタッフに話した。

そして間髪入れず続けた。

「一ヶ月目から二ヶ月目までは毎週三分のコーナーとして編集して、三ヶ月目から四ヶ月目までは五分のコーナー展開。五ヶ月目で十分毎週見せて行って、最後の月は二十分ずつ放送する。この企画は、表面上は半年間でオレが歌手になるドキュメンタリーだけど、裏のテーマは、どこの会社にも通じるようなヒット商品はどうやったら出来るのかを見せて行くのが狙いだからね。そして、毎週コーナーを見せることで、毎週CDの宣伝をしているようなもんだから、半年後の発売日には広島県中の全員が知ってるCDにしなきゃいけないんだからね」

珍しく真剣な表情でオレの話に耳を傾けるスタッフに、オレは最後にこう言った。

「で、オレと一緒にCDデビューするのは猿岩石。そして、この曲を作ってプロデュースしてくれるのは吉川晃司。もうOK貰ってるから！」

みんなの顔の筋肉が一瞬キュッと動くのが分かった。

「えーーーーーっ。それ、面白そう！」

オレは自信たっぷりに見得を切った。

「そうだろ。面白そうだろ。間違いなく売れるよね」

スタッフたちは大きく頷いた。

作戦はすぐにスタートした。レギュラー番組が『ＫＥＮ－ＪＩＮ』だけになって暇なのだ、考えたり動いたりする時間は充分にある。オレは早速、自宅に家庭用のビデオカメラを設置して一人で撮影を開始した。

「みなさん、こんばんは。天才！　横山です。今、ここは自宅の自分の部屋なんですが、実はここでビッグニュースをお知らせします。わたくし、あるレコード会社からオファーを受けまして今度ＣＤデビューをすることになりました」


作戦は見事に成功した。発売日、デビューイベントを行うＨＭＶ広島の担当者は流れてくる汗を拭いながら、慌《あわ》てた様子で控室に走り込んできた。

「大変です。これ以上人が集まると屋根が落ちるかもしれません」

『ＫＥＮ－ＪＩＮ ＢＡＮＤ』と名付けられたオレたちのＣＤ『Hungry Man』は、まさに飛ぶように売れ、広島のＣＤ売り上げ七週連続一位になった。

秋には『大ヒット感謝ツアー』と銘打ち、広島県内の大学祭六校でライブを行った。

音楽誌『ＯＲＩＣＯＮ』やスポーツ新聞で特集を組まれ、吉川晃司の全国ツアーではゲストとして同じステージに立った。

第一位を獲得。

「このまま突き進もう」と翌年に第二弾を発売、今度は広島のシングルCD売り上げ年間

三年目を迎えた二〇〇四年に第三弾を発売すると、ＴＢＳの全国ネット『うたばん』に歌手として呼ばれた。

現実は小説よりも奇なり。オレの秘策は自分の想像をはるかに超える結果を出した。夢見がちなミーハー少年が、憧れの力でアナウンサーになり、自分の番組を持ち歌手デビューを果たして歌番組に出る。こんな小説を出したら、きっとみんな「出来過ぎで面白くないよ」と言うに違いない。

憧れだった『ザ・ベストテン』の生放送が行われていたＴＢＳのＧスタジオでとんねるずの石橋貴明と、ＳＭＡＰの中居正広に見守られながら歌うオレは自分でも笑えた。

# 第六章　生涯不良

番組は勢いを増していた。「広島に威勢のいい番組がある」との噂《うわさ》を聞き付けて、次から次に大物ゲストが登場した。規模は小さく、予算も少ない深夜のローカル番組ではあるが気分は全国ネットだった。

誰に……という訳ではないが「ざまあみろ！」と心で叫び続けた。それは憧《あこが》れていた東京に対してだったり、オレを認めてくれない会社に対してだったり、姿の見えない世間に対してだったり。オレは生き急ぐかのように番組に没頭した。

しかし、番組の人気や知名度が高まれば高まるほど、会社での孤立の闇《やみ》は深まるばかりだった。

おかしなもので悪口や陰口の類は必ず本人の耳に届くように出来ている。しかも、社内という近い距離では怒りや嫉妬《しっと》も片思いではなく、すぐに両想《りょうおも》いになるようだ。オレはオレで確実に相手に届くように罵《のの》りの言葉を至るところで発していた。

意味のない会社という名の小さな社会の中で、オレの憎悪も相手の憎悪も広がって行った。社内には改編のたびに「あんなことしてたら番組を切られるよ」とか「そろそろ上が決断しないとアイツらはいつか問題を起こすよ」と不穏な空気が流れていた。

そんなある日、日頃からよく声を掛けてくれていた先輩の女性ディレクター南《みなみ》さんが、只《ただ》ならぬ表情でアナウンス部のオレのところにやって来た。

南さんは「ちょっと話があるんだけど」とオレを会議室に促すと、扉を閉めるなりダムが決壊したかの如《ごと》く言葉のシャワーを浴びせて来た。

「今、ラジオの新番組の企画会議を抜け出して来たんだけど、横山君、朝のワイド番組に出てくれない？　メインは先輩アナウンサーの世良洋子《せらようこ》さん、朝九時から十二時半までの番組なんだけど、私、横山君にアシスタントをして欲しいのよ。で、今、横山君の名前を出したら上の人たち全員が横山はウチのラジオでは喋《しゃべ》らせないって言うのよ。でも、私はどうしても横山君をラジオに戻したいの。私、頑張って上を説得するから横山君出て！　新番組に出演して！」

オレは冷静を装ったが、腸《はらわた》が煮え繰り返った。

「南さん、やる訳ないじゃないですか。今オレはテレビでメイン張ってるんですよ。最近じゃ全国ネットにも呼ばれて、自分で言うのもなんですが広島で一番ＣＤが売れる人間でもあるんですよ。それなのになんで格下のラジオでアシスタントなんかやらなきゃいけないんですか。失礼ですよ」

南さんは明らかに落胆した表情を見せた。

「今、誰も横山君を使いたくないの。たぶん本当は使い方が分からないの。私はあなたを将来のウチの宝だと思ってる。でも、誰の言うことも聞かなくなってるからラジオ局にはあなたと仕事をしたいって人がいないの。ひょっとすると今、返事をしないと横山君は一生ウチのラジオで喋れなくなるかもしれないよ」

オレはカチンと来て日頃の不満をぶつけた。

「だから、この会社はダメなんですよ。僻《ひが》みとか嫉妬とかで全部が動いてるじゃないですか。純粋に番組や会社のために物を考えてる人なんかいない。今、オレはテレビの人気者です。頭を下げて出て下さいって言うのなら考えてもいいですけど、誰も認めてくれてないところに行ったっていいモノが作れる訳がないじゃないですか」

南さんは目を血走らせながらも静かに言った。

「そんな横山君の理屈はどうでもいいのよ。あなたを誰も認めてないって現実をちゃんと受け止めて、それを跳ね返さないといつまで経《た》っても、あなたが社外的に活躍しても誰も喜ばないって状態が続くのよ。あなたはラジオから逃げた、負け犬のままなのよ」

南さんの言うことは頭では理解している。だがオレも引くことは出来なかった。

「オレ、別にラジオの人間からどう思われようと構わないですよ。言葉を返すようですが、オレにもわずかばかりですけどテレビに仲間がいます」

南さんは大きくため息をついた。

「たぶんだけど、もうすぐ『ＫＥＮ－ＪＩＮ』が終わる。会社の上の人たちにとっては派手に動いてる面倒な番組になってるから。もうすでに終わらせようって動いてる人もいっぱいいる。だから、その前にラジオのレギュラーを一本持っておいて、テレビが終わったあとでもちゃんとレギュラーがあるって状況を作っておかないと。横山君、もう喋る場所がなくなるよ」

オレは南さんの言葉を、全《すべ》てを否定したい気持ちになった。そして、例えようのない怒りが爆発した。

「オレ、干されたまま冷や飯喰《く》わされても全然いいですよ！　その程度の会社なら受けて立ちますよ。なんで番組を当ててる人間が、そんな扱いになるんですか。間違ってるのは会社でしょ。会社の商品は番組でしょ。ヒット商品を作ってるのになんでそんなこと言われなきゃいけないんですか！」

小さく首を振った南さんは、まるで子どもを諭《さと》すように続けた。

「会社って、そんな単純なものじゃない。目は目の役割を、鼻は鼻の役割を、そして口は口の役割を、そうやってどの部署の人たちも動いてる。その中で横山君はただの邪魔者なのよ。全部のバランスを壊す危険分子なのよ。今、会社にとって横山君はファンも多いけどアンチも苦情も多い問題のある社員。人気があることよりもアンチや苦情が多いことだけが議論になるのよ。会社ってそういうところよ」

これ以上は、もう無理だと思った。これ以上なにか言われたら、プライドを傷付けられるどころか、人間性を全否定されて立ち直れないと思った。

「南さん、もう勘弁して下さい。さすがに突然やって来られて、そこまで明け透けに話されると気分が滅入《めい》ります。オレ、たぶんですけどムチャクチャ愛社精神があります。自分が憧れて入った世界だから、その場所が輝いていて欲しいって思ってます。だけど、サラリーマン的な発想で動く人たちばかりだから、自分だけはその色に染まらないようにと思ってきました。オレは自分の働く場所を格好良くってみんなに憧れられるような場所にしたい。ただそれだけなんです。子どもの頃のオレのように、あの世界に自分も入ってみたいって思われる場所にしたい。その象徴に自分がなりたいってだけなんです。でも、今の南さんの話ではラジオにオレが行ってもそんな流れ出来ないじゃないですか。格好悪い番組しか出来ないじゃないですか。それはオレの美学に反します。憧れられるような番組を作れる環境は今のラジオにはありません。オレが出る条件は人気番組を作ろうとスタッフがしているかです。みんながいがみ合って嫌々作る番組じゃないんです」

南さんは一変して声を荒らげて叫んだ。

「人気番組を作るためにあなたのところにやって来たんでしょ！　私は広島中の人たちを元気に出来るようなそんな番組を作りたくって、反対されながらもあなたを口説きに来たのよ！　なんでそんなことが分からないの。ＲＣＣラジオにはあなたが必要なのよ。あなたがいないと将来がないのよ。あなたは腐ってちゃいけないのよ！」

オレは奥歯が痛くなるほど歯を食いしばった。

なんでこんなに勘違いされたイメージが付いてしまったのか。なんで憎まれてるのか？

なんで新人でも簡単に番組を持たせてもらえるのにオレだけこんなに揉《も》めるのか？

悔しくて鼻がツーンとなった。でも、その反面、南さんの熱意と思いは嬉《うれ》しかった。生まれて初めて、怒りながら褒める人を見た。

絶対に目をそらさない南さんを見て思った。オレのプライドなんか考えてみたら屁みたいなものだ。やって嫌だったら辞めればいい。腰掛けでもいい。新しいことを始めたら、なにかが変わるかもしれない。相手が変わらないんだったら、オレがちょっとだけ変わってみればいい。そしたら景色が変わるかもしれない。

「やってみるか」と思えた。

「南さん、今だったら上を説得出来るんですか？」

南さんは瞳《ひとみ》を大きく広げ、うんと頷《うなず》いた。

「じゃあオレやりますよ。でも、南さん以外の意見は聞かないですよ」

南さんは、その言葉を聞くとへなへなと会議室の床にしゃがみ込んだ。そして、そのまま壁に頭を打ち付けて倒れ込んだ。

「南さん！」

まるで先立つ人を見守るように、オレは南さんの後頭部に腕を入れ、身体《からだ》を支えた。すると南さんは、「横山君、番組なんて一人じゃ出来ないよ」とニッコリ微笑《ほほえ》んだ。

納得なんて微塵《みじん》もしていなかった。でも、今まで一歩でも前へとばかり思っていたが、今度は一歩後ろへ下がってみようと思えた。後退するんじゃない。一歩下がって景色を広げる、俯瞰《ふかん》で見る、それも同じ一歩かな？　と。なにより、オレが放送で楽しそうにしていることこそが、社内に対する最大の復讐《ふくしゅう》でもあると思った。

かくしてオレに三年ぶりのラジオのレギュラーが決まった。

テレビの世界はまやかしである。出演者はたとえ男であろうとメイクをされ、流行《はや》り物の衣装を着こみ、一見豪華に見える裏がベニヤ板のセットでスポットライトを浴びる。用意された台本や目の前に出されたカンペに従いみんなが楽しそうに振る舞う。だから、その人の人間性など関係ない。テレビという勝負服をいかに普段着のように着こなせるかがポイントだ。

一方、ラジオは窓もなく季節も感じない部屋の中で大した台本もなく、素灯《すあか》りの中、自分の考えや思いを曝《さら》け出しながら番組を進めていく。それはまるで自分の人間性を一枚一枚剝《は》ぎ取られて行くような感覚だ。

テレビは重ね着をし、ラジオは追い剝ぎに遭う。ルールは似通っていても野球とソフトボール、いやプロレスとレスリングくらいの違いがあるものだ。

オレは新番組をやるに当たり、ひとつだけ自分に足枷《あしかせ》を付けた。

妻や子ども、いわゆる家族の話はしない。娘も息子も小学生。親としてなにひとつ子どもに出来ていない引け目があった。

「友だちがパパのサインを欲しいんだって」

親が有名であることは子どもにとってプラスには働かない。

多感な時期に興味本位でいろんなことを聞かれ、子どもとはいえ「この人は親が有名だから近付いて来るんじゃないのか？」という猜疑心《さいぎしん》が生まれる。

実際、家族で外食に出掛けると店員さんは、必ず家族を見渡す。

そして「すみません。ご家族のみなさんで写真いいですか？」と尋ねる。「いや、家族は普通の人なので僕だけでいいですか」と言うと「えっ！」と残念そうに構えたカメラを下ろす。オレの子どもとして生まれて来たこの子たちにそろそろ親らしいことをしなくてはと思えた。

『家族を売らない』それだけが、今、自分に出来る親としての責務だと思った。

アナウンサー人生で初めてアシスタントを命じられた番組『平成ラヂオバラエティごぜん様さま』は波乱の幕開けだった。

朝九時から十二時三十分までの三時間半、オープニングにCM明け、全ての喋り出しが先輩の女性パーソナリティ世良洋子さんからなのだ。
これまでメインとして数々の番組に出演してきたが、相手の話を待って会話のボールを返すということをしたことがなかった。会話の主導権を握ろうにも、オレはアシスタントという名の聞き役なのだ。
会話の句読点を待ち相槌《あいづち》を入れ、柱となる話に少しだけ枝葉を差し込む。それでもメインと対等に話そうとしてしまうオレにリスナーからは容赦のないファックスやメールが届いた。
《面白いつもりで世の中を茶化しているのかもしれませんが勉強不足です》
《先輩に対しての敬意がまったく感じられません、大人しく年長者の意見を聞いて下さい》
今までのキャリアがなにも通じなかった。たった今、テレビで注目をされている人気者であること、過去に若者をターゲットにしたラジオで一世を風靡《ふうび》したこと。そんなことは、聴いている人には関係ないのだ。ラジオは喋り手と聴いている人が、毎日、近所付き合いをしているようなもの。突然、威勢のいいお調子者のお兄さんがやって来ても誰も喜んではくれないのだ。午前中のラジオ番組という新しい世界でオレは裸の王様だった。
「ここでもオレは理解してもらえないのか」

怒りや悲しみが込み上げてくる。でも、ここで腐ったら負けだと思った。ここから、この番組からもう一度アナウンサー人生をスタートさせるんだ。オレはここでも人気者になって、みんなを見返してやる。負のエネルギーをバネに絶対に大ジャンプをしてやる。オレが、つまらなそうにしてることを喜ぶヤツらに楽しそうなオレを見せつけてやるんだ。

オレは、高校の野球部時代、監督に認められたい一心で毎朝学校までの六キロを走っていた補欠時代のことを思い出した。あの袋小路に迷い込んだどうしようもない気持ちに比べれば、今なんかなんてことはない。あのときは夏の大会直前まで補欠だった。今はレギュラーで悩んでいるんだ。レギュラーの悩みなんて、補欠の悩みに比べればなんてことはない、ただの独り善がりだ。

「世良さん、オレと喋るの話しにくいですか？」

「いいえ。私は南さんがあなたを私とくっ付けてくれて、ホントに感謝してる。そして、楽しく番組を出来てる。だから、あなたが思うようにやりなさい。あなたはみんなに愛される素養を持ってるから、多少毒を吐いて嫌われても、しばらくしたらリスナーさんがあなたの良さに気付いてくれるはず。あなたは人にちゃんと挨拶《あいさつ》が出来るから絶対に大丈夫。テレビよりもラジオに向いてると思うわよ」

番組内では毒を吐き合うパートナーとして矢面に立つ二十歳以上歳《とし》の離れた先輩は、プライドをズタズタにされてマイクの前に立つオレに優しく声を掛けてくれた。それでも番組になると笑いながらオレを罵った。

「横山！　お前はまたくだらんこと言って！　黙ってそこに正座しときなさい」だの「もう帰れ！　お前のような後輩は破門だ！」

そうして、一からオレの新しいキャラクターを作り上げようとしてくれていた。

「地味だけど、ラジオは温かい」

少しずつ少しずつ自分の新しい住み家になじもうと思いながら日々を過ごした。ときには荒くれて番組で管を巻いたりした。本意や真意が伝わらずリスナーに文句をぶちまけたりもした。でも、喜怒哀楽の全てを飲み込んでくれるラジオの世界に居心地の良さを感じ始めていた。

「守ってやれずにすまん」

門田さんがそう言ったのは『ごぜん様さま』が始まって一年を過ぎたときだった。

オレが意地を張りながら続けていたテレビ番組『ＫＥＮ－ＪＩＮ』の終了が告げられた。

理由は南さんが言った通り、苦情の多さだった。そして、社内に味方がいないことだった。話題を作りながら前に進めば、番組は雪だるまのように大きくなってくれるはずと信じて疑わなかったオレは、番組の突然の余命宣告に動揺した。

「門田さん、今『ＫＥＮ－ＪＩＮ』は視聴率もスポンサーもなんの問題もないですよね。終わるってなんでですか」

門田さんは言いにくそうに口を開いた。

「とにかく上に味方を作れなかった。苦情の多い番組を善しとしない勢力に飲み込まれた。会社からは役目を終えたと言われた」

オレは会社という組織を甘く見ていた。かつてないスピードで走れば、誰もそのスピードに付いて来られないと思い込んでいた。ところが、会社とはお釈迦《しゃか》様の手なのだ。悟空がどれだけきんと雲で遠くまで飛び去っても、お釈迦様の手から抜け出せることはないのだ。

「ここは、くだらない会社ですね。自分の手に負えないことが起こるから自分の見識を広めようってするのが普通の考えなのに、自分の範疇《はんちゅう》に収まらない番組や人を全部切り捨てる。これじゃ、才能もない、勉強もしない、そんな上司の背丈を越える番組なんか一生出来ないですよね」

オレは、そう言うと「待てよ」と思った。

これって、今の自分そのものだ。自分の思いに収まらないものを全てダメなものだと判断する、これってオレのことじゃないかと思った。組織の色に染まらないようにとあれだけもがき続けていたのに、気が付けばオレは自分が会社側と同じ価値観で物事を判断していることに愕然《がくぜん》とした。だったら、終わっても仕方ない。終わるべくして終わるんだ。目が覚めた気がした。番組終了の原因を作ったのはオレ自身だ。

「分かりました。八年間、お世話になりました。ありがとうございます。最後までオレたちらしい終わり方しましょうね」

オレがそう言い終わると門田さんはオレをハグした。そして、

「横山、俺たちはちょっとだけ伝説を作れたよな。あの日、東京駅で誓い合ったことは叶《かな》えられたよな」と言った。

オレは「もちろん！」と言葉を返した。

なにかが始まれば、なにかが終わる。自分の人生の主人公は自分自身だから、ひとつひとつのことが大きなうねりに感じる。でも、こんな仕事をしていると、そんなうねりも他の人からすればなんでもないただのトピックスに過ぎないことが分かる。ひとつの番組が終われば、また次が始まるだけだ。決して視聴者は一緒にクヨクヨなんてしてくれない。放送とは、読んで字のごとく送りっ放しなのだ。

オレは自分を不感症にしなければならないと思った。じゃないと心が持たないと思った。

まだオレが入社して二年目の頃、野球解説をしていた広島カープ往年の名投手・長谷川良平さんが教えてくれた。

「横山くん。失敗したことや成功したことに一喜一憂していたらプロ野球選手なんか続け

られないよ。打たれたら人間のクズみたいに言われ、押さえたら英雄みたいな扱いになる。だから僕は自分の50%だけを球場に持って行って、その50%を100%出し切るってことにしてた。するとどれだけマウンドで不甲斐《ふがい》ないピッチングをしても、家に帰れば50%の自分が残っている。そんな気持ちで仕事に臨まないと、仕事がダメなときプライベートもダメになっちゃう」

オレは、今がそのときだなと思った。笑うヤツは笑えばいい、オレはもっと先で笑うために、今、辛酸を舐《な》めるのだ。

女子の体操選手が段違い平行棒を行ったり来たりするかのように、オレはラジオからテレビ、テレビからまたラジオと飛び移り続けた。仕事はラジオ『ごぜん様さま』一本だけになった。もうあとがないと思った。

子どもの頃、我が家ではよく家族でゲームをやっていた。花札やおいちょかぶ、億万長者ゲームにポーカー。賑《にぎ》やかなことが好きな家庭で育った。

「おーい！　今日はゲーム大会をすっぞ！」

父親のその言葉をいつも二階の部屋から待っていた。

反抗期もなかったオレは、両親といることが心地良かった。親はいつまでも自分を守ってくれると思っていたし、自分が親となった今でも、まだどこかで子ども気分が抜けていないところもあった。今オレは、子どもでもあり親でもある。果たしてオレはいい子どもなのだろうか？　そして、いい親なのだろうか？　自分のやりたいことを貫くために子どもであることも、親であることも放棄していたんじゃないか。それなのに全てを投げ出して突き進んでいた仕事さえ今、失いかけている。

オレはガス抜きをするため、子どもたちを連れて家族四人で里帰りすることにした。

相変わらず宮崎の空は青かった。

大きくなった孫に一刻も早く会いたい両親は、空港のロビーで二人並んで待ち構えていた。由希と大樹の姿が見えると両親は嬉しそうに手を振りながら椅子《いす》から立ち上がった。遠くから見えるその姿があまりに小さくて切なくなった。

家に帰りつくと、早速「よし。今から爺《じい》ちゃんとそうめん流しをするぞ」と父親は張り切った。

「そん前に、お前たちはご先祖様に帰りましたよって手を合わせて来い。そん間に爺ちゃんが庭に竹を準備しちょくかい」

由希も大樹も久しぶりに会うパパのお父さんに照れ臭そうにしながらも嬉しそうだった。

「いいか。竹は雨が降るとあっと言う間に背が伸びる。一日でギューッと伸びるから繊維が縦にしかない。だから、頭のところを鉈《なた》でポンとやると、ほら！　すぐに割れるやろうが」

父親は今まで見せたこともないような笑顔で語りかけた。

「そしたら大樹が次にやってみろ！」

息子は戸惑いながらも、見よう見まねで青竹の頭に鉈を置き、力いっぱい右手で鉈を叩《たた》いた。ビクともしない竹を見つめ苦笑いをすると、右手を痛そうに見つめた。

みんなが笑った。なぜだか涙がツーッと流れた。両親にも、子どもたちにも「今まで、こんな時間を作ってあげられなくて申し訳ない」と思った。

妻と二人、庭先の椅子に座って、ただただ笑う両親と子どもたちを眺めた。

「なんか、今までごめんね」

「なにが？」

「家族のことなんにも出来なくって」

「いいよ。こんなにちゃんと育ってくれたんだもん」

「爺ちゃんも婆《ばあ》ちゃんも嬉しそうだね」

「なかなかみんなで帰ってあげられなかったからね」

「これからは、親にも子どもたちにもちょっとずつなにかをして行こうと思う」

「うん。そうしてあげて。親孝行してあげなきゃね」

孫たちへの大歓迎セレモニーは次から次に行われた。ビニール袋に入れられた生きたままの鰻《うなぎ》を焼酎《しょうちゅう》で酔わせ、気持ち悪がる娘や息子に捌《さば》かせてみたり、「七輪に新聞紙だけで火が付けられるかな」と火を熾《おこ》させたり、大人の手のひらほどある地鶏《じどり》に粗塩を塗り込み食べさせたり。

「おじいちゃんちで食べるものは全部美味《おい》しいね」と娘が言うと、父親は、

「そうやろが。みんなで笑いながら食べるとなんでも美味しいやろが」と得意気だった。

「もうお腹《なか》がはち切れて死ぬかもしれん」と言う息子に、父親は腰を屈《かが》め同じ高さに目線を合わせ少しだけゆっくり、丁寧に話した。

「そんげなことで死んだら、みんなが悲しむわ。大樹、死ぬにはちゃんと順番があって、最初はお爺ちゃんとお婆ちゃん、そん次がお父さんとお母さん、それからお姉ちゃんと大樹。こん順番を間違ったらいかんぞ。さっき、お前たちが仏壇に手を合わせたのは、ご先祖様、そん順番を間違えんで下さいねってことやかいね。お前たちがちゃんと手を合わせてくれたかい、絶対にご先祖様がお前たちを守ってくれるわ」

セレモニーの締め括《くく》りは花火だった。

子どもの頃から慣れ親しんだこの場所で、あの頃と変わりない星空を見ながら綺麗《きれい》に弧を描く花火を見つめた。花火の炎に照らされ、時たま見える子どもたちの表情に幼い頃の自分を重ね合わせた。

あの頃は経験する全てが新しかった。新鮮だった。なにもなくても笑っていたし、なに

もなくても幸せだった。ただ両親と一緒に居さえすれば百人力だった。気が付けば、子どもたちの花火に火を灯《とも》す父親の手や腕は人工透析の影響か皺《しわ》だらけだった。真《ま》っ直《す》ぐに、ちゃんと生きなきゃと思った。


「横山さん、ホントに丸くなりましたよね」

「オレは昔から優しいよ」

「それは知ってますけど、なんだか付き合いやすくなりました」

「なんだ、それ」

「前は、なんでも自分でやるって感じだったのが、今はなんだか全部任せてくれるって感じがして」

「あぁ、そうだね。もう止《や》めたの、自分で全部やるの」

「なんでですか?」

不思議そうにラジオのディレクター森下が聞いた。

「なんでだろうなぁ。もう自分でやるの疲れたのと、人がどんなもん出して来るんだろうって楽しめるようになったからかなぁ」

「それっていいことですか?」

「うん。たぶん、いいことなんじゃない。だって、一+一になるんでしょ。前は、なにをやっても一だった訳だから」

「そうですね。でも、最近は任せられ過ぎて、横山さんはこれをどう思ってるんだろうって逆に怖いときがあります」

「お前らは呑気《のんき》だね。オレが厳しくすればキツイと言い、優しくすれば怖いと言う。言われる方の身にもなれってんだよ」

　オレは自分の置かれた環境に身を任せるようになっていた。

　こうでなければならない、ではなく、こうなればいいなぁと。それは決して手を抜くことや諦《あきら》めることではなく、ピンボールの玉のようにどこへ行くのかを楽しむことが今の自分には合っている気がしたからだ。

　苦情が来れば腹は立つ、でもみんなが文句を言って来た訳じゃない、そのひとつの苦情を番組を聴いている全ての人の意見だとは考えないようにし始めた。もちろん、会社での人付き合いも。

　そうこう考えているうちに、番組への取り組み方も変わって来た。朝の第一声「みなさん。おはようございます」が「一人ひとりのみなさん。おはようございます」の気分になった。ファックスやメールの一枚一枚に対しても、その思いが強くなった。

　この人は今、どんな気持ちでラジオに参加しようとしているのか。楽しいのか？　淋《さび》しいのか？　愚痴を聞いて欲しいのか？　自慢をしたいだけなのか。すると嘘《うそ》のようにメッセージを書いた人の顔が浮かんで来る。

それはスタッフにもそうで、今日はこの人は機嫌がいい、今日はこの人はそっとしておいた方がいい。そんな思いや考えがどんどんと溢《あふ》れ出すようになった。世良さんとの息も徐々に合い始めた。スタジオに入るのが楽しみになった。

『ごぜん様さま』は着実に広島の朝に定着をし始めた。そしてオレも世良さんも手応《てごた》えを感じ始めていた。そんなとき、スタジオの重い扉を開けて南さんが入って来た。「やったぁ！」南さんは泣いていた。

「やったよ！　嬉しい。今回の聴取率調査で『ごぜん様さま』が一位になったわよ。広島で一番聴かれてる番組に『ごぜん様さま』がなりました！　世良さん、横山君ありがとう！　そして、おめでとう！」

オレは南さんと抱き合った。

そして、世良さんに「ありがとうございます」と頭を下げた。

ラジオの聴取率調査は、テレビとは違い一年に一度しかない。だから、言ってみれば番組の通信簿みたいなもので、この成績次第で番組の打ち切りや存続が検討されるのだ。

世良さんは感慨深げにオレを見つめた。

「横山さん、あなたよく辛抱してきたね。私はいつあなたが尻尾《しっぽ》を巻いて逃げ出すかって思ってました。でも、粘り強くよく頑張ったね。あなたがラジオに来たとき、きつい目をするなぁって思ってたの。でも、ちょっとずつ優しい目になって、今ではお釈迦様みたいに穏やかな表情になって、私はホッとしています。テレビの人気者が、私のようなおばさんのアシスタントって屈辱だったでしょ」

オレはニヤケながら「はいっ。ホントに嫌でした」と呟《つぶや》いた。

世良さんは「なに～ぃ！　聞こえない！　返事は大きな声で！」とオレをからかった。

スタッフみんなが笑っていた。

「いやぁ、ホントに世良さんのアシスタント心から嫌でした！」とオレは叫んだ。

みんなの声が弾んだ。まるで家族といるみたいな気分になった。


目覚まし時計がけたたましく鳴った。布団から手を伸ばし時間を見ると午前七時。そろそろ起きなきゃと思いながらも温まった布団から出る勇気がない。今年の冬は招かざる客、寒気団なるものが居座って広島にも大雪が降った。

なかなか起きないオレに「もう間に合わなくなるよ。早く起きてよ」と目覚まし時計よりもけたたましい声で妻がふすま越しに叫んだ。

二〇〇六年冬。匍匐《ほふく》前進のようにオレは布団から這《は》い出《だ》すと、いったん寒さに身体を馴《な》染《じ》ませ「よし」と掛け声をかけ立ち上がった。ふすまを開ける。

「おはよう」

リビングでは制服姿の娘と息子が朝食を食べていた。台所からは弁当用のおにぎりの海苔《のり》の香りが漂っていた。

「朝ご飯食べないよね」

「うん、いらない」

テーブルの上に置かれた新聞を手に、テレビの前のストーブに当たりに行こうとしていると娘が声をかけた。

「あっ！　パパ。今日の新聞にパパの神様が出てたよ」

「えっ。ホントに」

妻は弁当箱におかずを入れながら不思議そうに聞いた。

「えっ。パパの神様って、なに？」

「あの人よ。角川春樹さん」

「へぇ。由希、角川春樹さん知ってるんだ」

「知ってるよ。もうパパから何回も話を聞いたもん」

牛乳を飲んでいた息子も頷いた。

「その名前だったら僕も聞いたことある。映画を作ってる人でしょ」

妻は感心しながら、

「二人とも凄《すご》いね。パパの尊敬してる人、知ってるんだ」と嬉しそうに微笑んだ。

「どこに載ってる？」

「真ん中くらい」

オレはまだインクの匂《にお》いのする新聞を広げた。新聞には、この四月から尾道大学で角川春樹が日本文学科の客員教授を務めるとの記事があった。

「なんて書いてあるの？」

オレは妻を横目で見ながら記事の内容を伝えた。

「なんか、角川さんが春から尾道に大学の先生として来るんだって」

「へぇ。凄いね。行けばいいじゃん」

「うん。そうだね」

ソワソワした。朝からの番組に気持ちが入らないほど落ち着きをなくした。

リスナーからメールが着いた。

《横山さん、今朝の新聞に角川さんの記事が出てましたけど、会いに行かれるんですか？》

「当たり前ですよ。千載一遇のチャンスですよ。そんなチャンスをオレが逃す訳ないじゃないですか」と威勢よく答えはしたものの、果たして大学の授業にどうやって参加すればいいんだろうと思っていた。

番組が終わり、オレはひとりで作戦を立てた。レギュラー番組が少ないってことは、たまにはいいことがある。オレには時間がたっぷりある、通おうと思えば、オレはこの授業に行けるのだ。なんなら皆勤賞だって狙《ねら》えるのだ。尾道大学に電話した。

「あの、ＲＣＣのアナウンサーの横山と申しますが」

電話に出た年配らしき女の人は「あぁ、あの横山さん？　いつもテレビやラジオで応援してますよ」と声を上ずらせた。

オレを知ってくれているなら話は早い。ここぞとばかりに用件を伝えた。

「あの、今度、そちらに角川春樹さんが授業で来られますよね。取材ってことで授業に参加させて頂きたいんですけど」

女性は悩むこともなく「それはありがたいことです。是非お越し頂いて、当校の試みを広くお伝え願えればと思います」と言った。

「しめしめ。作戦成功。これでまた角川春樹に会える！」

広島から尾道まではおよそ九〇キロの距離だ。時間にして一時間半。

「広島と言えば、大林宣彦監督の『転校生』とか『時をかける少女』とか映画が盛んですよね」などと言われるが、広島の人も尾道に行くときはちょっとした旅行気分で足を運ぶ。尾道はなぜか独立したひとつの街って感じがする。

四月二十日木曜日、オレは『ごぜん様さま』の放送を終え、すぐさま車に乗り込んだ。この日のために作った角川映画の主題歌集をカーステレオに入れ、アクセルを踏んだ。

助手席には、以前角川さんにインタビューしたときに「持っていない」と言われていた映画『人間の証明』のパンフレットがプレゼント用に置かれている。

授業の開始は十五時半、少し早めに尾道に到着。

時間があるので腹ごしらえに朱華園《しゅうかえん》でラーメンを食べる。尾道で一番行列が出来る人気店に来ているのに、緊張で味が分からない。麺《めん》を啜《すす》りながら「角川さん、オレのこと覚えてくれてるかな？」と不安な気持ちが膨らむ。

授業開始三十分前に大学に行くと、取材用のテレビ局の車が数台見えた。

「オレだけだったら、どうしよう」と思っていただけにホッとした。受付に行き「取材で来ました」と顔を覗《のぞ》かせると職員の方が「あぁ、横山さん。もう、角川先生お越しですよ」と来賓室に案内してくれた。

長い廊下を歩きながら緊張でスリッパが何度も脱げた。ドアをノックし扉を開けると、血色のいい角川春樹さんの笑顔が見えた。オレは腰を屈めたまま「あの、広島のアナウンサーの横山です。以前、春樹事務所でインタビューをさせて頂いたものですが……」と言うと角川さんは「来ると思って待ってたよ」と笑いながらオレを迎えてくれた。嬉しかった。

「今日は授業が終わったあと、一緒に食事をしよう。最後まで教室にいるんだろ？」

「はい。それはもちろん」

「じゃあ、ついでに授業の手伝いもしてくれるかな？　生徒にプリントを配ったり」

「はい。喜んで」

隣でソファーに座っていた尾道市長や学長は、驚いた表情で事の成り行きを見つめながら、

「横山さんは角川さんとそんなに親しかったの？」とオレに尋ねた。

なんと答えようかと戸惑っていると、

「コイツは子どもの頃から私の追っかけをしていて、日本一私のことに詳しいんですよ。私でも覚えていないことをなんでも話せる。凄いヤツですよ」とおどけた。

授業は第一声から刺激的だった。

「尾道を新たな文芸活動の発祥の地にしたい」に始まり「今ある箱庭的俳句ではなく心の叫びを五・七・五で！」『魂の一行詩』と名付けられた俳句は、

「季語はあった方がいいが、そんなことに囚《とら》われず言葉を自由に使いなさい」と学生に説明された。

あまりの熱量に学生たちは呆気《あっけ》にとられていたが、教室の後ろで授業を聞くオレは角川さんはブレないなと思った。

六年前に社長室で聞いた「今あるもののすぐ隣に新しいものがある。それを突き詰めればそれがオーソドックスなものになる」今、それを目の前で見ている。

授業が終わって控室に戻ると角川さんは、お茶を出す職員の人に「これから横山は毎回出席しますので、特別聴講生として登録しておいて下さい」と笑いながら告げた。

尾道での夜は夢のような時間だった。あの角川春樹とテーブルを共にしているのだ。海沿いの潮の香りのする灯りの落とされたこじゃれたイタリアン。パスタを口に運びはするが食べた気がしない。次から次に運ばれてくる料理に気持ちも落ち着かない。

「角川さんは、今日、学生に昔の映画のことを全然喋りませんでしたね」

「俺は過去の自分に一切興味がないから」

「えっ。なんでですか。過去に角川さんが作られた作品があるから、オレみたいなヤツがいるんじゃないですか」

「うん。そう言ってもらえるのは嬉しいけど、俺のこれまでは予告編で、これからの人生がいわゆる本編だ。だから、予告編の話をしてもしょうがないだろ」

あれだけの作品群を生み出し、あれだけ世の中を熱狂させたのに、あの一大ムーブメントを予告編とさらりと言う角川さんにちょっぴり不満もありながら、普段、過去の小さな栄光を糧に田舎のヒットメーカー気取りだった自分を恥ずかしく思った。

「横山、今日、授業で俺が話した俳句のあるべき姿については、お前の喋り手としての佇《たたず》まいにもかなり影響があると思うから、しっかり覚えておけよ」

「えっ！　どの話ですか？」

「お前、もう授業の内容忘れたのか！」

「いえ。全部が刺激的だったので、どの話かと思いまして」

角川さんはランプの灯りに照らされた顔で諭すように語った。

「俳句で大切なことは、映像の復元力とリズム、そしてもうひとつはなんだ？」

「はい。自己の投影です」

「よし、ちゃんと聞いてたんだな。偉い。これはお前たち喋り手にも言えることだから日頃から意識しておけばいいよ」

「はい！　ありがとうございます」

角川さんは、デザートのプリンアラモードを美味しそうに頰張《ほおば》ると、あっと言う間に平らげ「今日からお前は俺の弟子だからな」とにっこり微笑んだ。


この日から一年間、オレは月に一度、休むこともなく尾道大学の授業を受け続けた。

二回目からはホテルを取り、授業のあとの食事会を共にし続けた。あるときは映画を語り、あるときは恋を語り、そしてあるときはカラオケを歌った。

「今度、歌う曲でお前が90点以上出したら、次に俺が作る映画の主題歌を歌わせてやるよ」

「えっ！　ホントですか！」

89点を出したオレに、

「危なかった。危うくお前をウチからデビューさせなきゃいけないところだった」と笑い合ったりした。

「次回作のラッシュを持って来てるから、部屋で一緒に観《み》て感想を聞かせろ」

「チンギスハーンの映画ですか？」

「『蒼《あお》き狼《おおかみ》』な。今、八割くらい出来てる」

公開前の映画を観て、撮影秘話に驚いたり、ロケ地モンゴルでの出来事を夜が明けるまで聞いたりもした。

オレは、母親の「あんたはお父さんとお母さんが育てたけど、あんたの感性は角川春樹って人が作ってくれたっちゃもんね」という言葉を思い出して、何度も胸を熱くした。

角川さんと過ごした一年は、オレの人生のこれからを明るく照らしてくれる、そして、好きなものや新しいものに熱中する楽しさを再認識させてくれる時間だった。

新作映画を観ては空っぽだった脳みそに知識や感性が蓄えられていった中学時代。自分の才能を信じて未来に希望を抱き続けた高校時代。オレは、いつの間にか、また夢見る映画小僧の心を取り戻していた。最後の授業を終えた角川さんは、

「横山、俺たちは遊ぶためにこの世に生を受けたと思うんだよ。だから、いろんなことに挑戦して自分の人生を自分でちゃんと遊ぶように。生涯不良でいよう！」と言った。

喋り倒したかった。書き倒したかった。やりたいことが目の前にいくつも広がった。

「オレは憧れられる存在になりたい。誰かにとってのスターになりたい」

この日からオレは、自分の能力や興味の無駄使いをしないように心掛け始めた。

面白いと思うことに貪欲《どんよく》でいようと思い始めた。レギュラー番組『ごぜん様さま』では仲間との和を大切にしながらアシスタントの立場を越えて、少しずつ前に出始めた。

夜、家に帰ると作る当てのない映画の脚本も書き始めた。全ては、人生を遊ぶため。ボヤボヤとなんかしていられない。腐ってる時間や愚痴ってる時間なんて、なんにも産み出さない。だったら、これから出会うであろう人生のチャンスに備えねば！

中学生の頃、自分は何者なんだと答えも出せないまま、ラジオのチューニングを合わせていた人生の輪郭が、鮮やかに浮かび上がった気がした。

「よし。楽しむぞ」

だが、待てど暮らせど、テレビの新番組の話は来なかった。春と秋の改編のたびに、昔の仲間とメシを喰い、「おい！　新番組やらねぇのかよ」と未来を語り合ったが、そう簡単に問題児のレッテルと気難しい人だという噂は払拭出来なかった。

「オレ、番組を作ってる仲間と揉めたことないよな」

「はい。でも、きっと、横山さんと仕事をすると全部を見透かされてる気がして、みんな嫌なんだと思いますよ。僕だって、今やってる番組、横山さんに観られるの嫌ですもん。こんなんじゃオンエア出来ないだろって怒られそうで」

『KEN－JIN』のディレクターだった脇田はコーヒーを啜りながら呟いた。

「みっともない番組を世の中に出して、視聴者に舐められるより、仲間内に注意されて、いい番組を出す方が、自分にとってもいいことだろ。内部事情なんて、観てる人には分からないんだし。オレと仕事すると、企画とかアイデアとかもバンバン出すから楽だと思うんだけどなぁ」

「だから嫌なんですよ。横山さんだって嫌でしょ。自分より能力も熱意もある人と仕事するの」

「うん。まぁそうだけど。でも、その作業をちゃんとやっとかないと仕事を全う出来ないじゃん」

脇田は首をゆっくりと左右に振りながらぽつりと言った。

「その正論が、みんな面倒なんですよ。正論って痛いんです。横山さんみたいにみんな強くないから」

「馬鹿！　オレなんか、会社の顔色うかがって、おまけに後輩の顔色まで確認してるのに、新しい番組なんか一本も付かねえじゃねえか！　どっちの立場が強いんだよ。オレなんか、会社員としてはへなちょこじゃん」

脇田はニヤリとすると、

「会社員だから、その特権でみんな横山さんを排除するんですよ。嫉妬です！　耐えて下さい。チャンスが出来たらキラーパス回しますから！」と返してきた。

「オレ、テレビを干されてる間にいろんなことやるからな。アイツ、干してる間に好きなことばっかりやりやがったって言われるように、オレなりの復讐劇をやるからな。こうなったら、徹底抗戦だよ」


スタジオの真っ赤なランプが灯った。午前九時、『ごぜん様さま』のスタートだ。

オレはマイクのフェーダーをゆっくりあげると大きく息を吸って、いつものように、

「みなさん！　おはようございます。天才！　横山でございます！」と挨拶をした。

「世良さん、今朝の広島市内は氷点下の寒さだけど、もうお婆ちゃんだから会社に来るのしんどいでしょ。若い娘に、番組代わってもらえばいいのに！」

「なに朝っぱらから言ってんのよ！　失礼ね。私は永遠の二十八歳！　まだまだピチピチのギャルなんだから」

「この間、人事の人に聞いたら、世良さんが入社した年と、オレの生まれた年が一緒なんですけど、世良さん明らかにオレの大先輩ですよね？」

「あんたは本当の馬鹿ね。私は二十八歳なんだからあなたの後輩に決まってるじゃない。

あなた、今いくつになったんだっけ？」

「オレ、四十三歳。じゃあ、世良さんのこと呼び捨てにしていいんですよね？　後輩だから。生意気な後輩だなぁ。いや、それにしても世良は二十八歳の割には老けてるよ。美容に心掛けた方がいいな」

ガラス越しにスタッフが笑っている。

「あら、そう？　今朝は化粧のノリがいいと思ってスタジオに来たんだけど」

「いやいや、二十八歳にしては老け過ぎです。化粧に海苔を使ってるんですか？　もうおむすびと同じですね。じゃあ、仕上げは顔に塩を振るんですか？」

「あんた、馬鹿なうえに耳も悪いのね。化粧のノリがいいって言ったのよ。なにが、化粧に海苔を使ってるよ」

オレと世良さんの夫婦《めおと》漫才のようなトークは広島名物になりつつあった。

リスナーからのメールやファックスは毎朝三百通から四百通。番組の前に目を通すことなんて出来なくなっていた。実際、三時間半の番組なのに打ち合わせもそこそこにオープニングが始まる。お互いに、アイコンタクトで丁々発止の話題を広げに広げて行く。

赤いサインペンを忙《せわ》しなく動かしながら喋る世良さんはオレが入社したときからラジオのスターで、広島のご意見番的なアナウンサーだった。本音とも建前とも付かない世間話に、オレもスタッフも、そしてもちろんリスナーも大笑いしながら番組を進めて行く。C

Mが来るたびに、

「横山さん、もっと突っ込んでくれても良かったのに！」とまるで二重人格のようにオンとオフを使い分ける達人でもあった。

「いやいや、これ以上やるとオレが損しますもん」

「あんた、最近、リスナー受けがいいからって、なにクリーンアップ・キャンペーンみたいなこと考えてるのよ」

「オレが落とすたんびに、世良さんの評判が上がるから、オレはその手には乗りませんよ」

まるで歳の離れた兄弟のように、二人にしか分からない皮膚感覚で番組の世界観を作っていた。そんな世良さんが、ある日、

「横山さん、私はこの番組を最低九年は続けたいって思ってるから、それまで付き合ってね」と珍しくしっかりと目を見つめながら真顔で話しかけて来た。

「急に、なんですか！　気持ち悪いじゃないですか」

世良さんはスタジオの正面の席を立ち、オレの横に座る。

「あなた、今、これだけラジオで評価されてるのに、未だにテレビの話が来ないじゃない。決して腐ったら駄目よ。負けたら駄目よ。この窓もなく季節のないスタジオからラジオスターになればいいんだから」

オレはなにごとかと思いながらも、世良さんを見つめた。

「あなたは知ってると思うけど、私はあなたが入社したときからラジオのバラエティで大人気だったでしょ。でも、結局、みんなから自分だけ楽しそうに仕事をしてるって嫉妬されて、五十一歳のときにアナウンス部から事業部に配置転換されたじゃない」

「はい。世良さんが飛ばされたの、むちゃくちゃ鮮明に覚えてます」

「それから、定年する一年前に、最後だからってアナウンス部に戻されて、あなたとこうして番組をやることになった。私はね、アナウンサーとして失った九年間を、この番組であなたと取り戻したいのよ。だから私と付き合うの面倒かもしれないけど、九年間は私の相方として付き合ってね」

「大丈夫です。棺桶《かんおけ》に入れて燃やすまで付き合いますから」

　世良さんは笑った。

「あなたも、みんなから嫉妬されて、今は冷や水を浴びせられてるけど、笑いながら続けてたら、絶対に味方が現れる。そして、やりたかった道に戻してくれる。だから、絶対に腐ったり悲観したら駄目よ」

「ありがとうございます」

「アナウンサーなんて職業はね。サラリーマンなのにタレントでもあるから、みんな僻むのよ。だったら、努力して最初からこっちの世界に来ればいいのに、来られなかった勇気のない人が、ずっと僻んで邪魔し続けるのよ。それに負けたら、相手の思う壺《つぼ》だからね」

オレは世良さんに深々と頭を下げた。

そして、「ありがとうございます。勇気を頂きました」と手を握った。


片岡鶴太郎さんが画伯として広島にやって来た。

鶴太郎さんとは深夜番組『ＫＥＮ－ＪＩＮ』で何度も共演をさせて頂き、可愛《かわい》がってもらっていた。せっかく鶴太郎さんが来るんだったらとテレビのディレクター脇田が、深夜の枠を押さえ特別番組を作ることになった。

久しぶりのテレビのバラエティに浮足立っているオレを見つけ、脇田が冷やかしにやって来た。

「なに新人アナウンサーみたいな顔してるんですか。ウチの大将なんですから頼みますよ。あと、鶴さん、画描《えか》き気取りで来るでしょうから、横山さんいじり倒してお笑いの鶴太郎さんに戻して下さいね」

「当たり前だよ。お前こそ、ソワソワしてんじゃねえぞ！　お前、合図したらすぐにおでん出せよ！　熱々の大根を口の中にねじ込んでやるから」

収録会場の『筆の里工房』は、日本一の筆の生産量を誇る熊野町にある。

ここで作られた化粧筆にブランド名を焼き込み、世界の一流メーカーが自社の製品として流通させている。もちろん、書道や絵画の筆の産地としても有名で、『筆の里工房』で個展を開けるということは、筆の産地から一流と認められた証拠でもあった。

鶴太郎さんはご機嫌で会場に乗り込んできた。黒塗りの送迎車から顔を出すと、オレたちを見つけニッコリと微笑んだ。

「おっ！　画伯！　お久しぶりです。今日は、残念ながらお笑い芸人として番組に呼んでますから、気取ってたら茶化しますからね」

鶴太郎さんは照れ臭そうな笑顔で頷く。

「もちろん。もちろん。でも、その前に画家先生としてトークショーをやらなきゃいけないから、そこだけは真剣にやらせてね！　終わったら、お笑いモードに気持ちを切り替えるから」

「じゃあ、オレたちは収録の準備をしてますから、しっかり画描きとして仕事して来て下さい。鶴さんのトークショー応募が多過ぎて、抽選だったみたいなのでお客さん楽しみにしてると思いますから」

「えっ。そうなの。横山君はいっつも気持ちが乗ること言ってくれるねぇ！」

三百人を超すお客さんを前に鶴太郎さんは饒舌《じょうぜつ》だった。画を描くことになったきっかけや筆への思い、作品の意味やテクニック。元々が芸人であるだけに会場に笑いを起こしては唸《うな》らせるサービス精神の塊のような熱弁が続いた。一時間のトークを終え、オレを見つ

けると、

「じゃあ、着替えてメイクするから三十分くらい待っててね。そしたら行くから」と声を掛けた。

オレは胸元にピンマイクを付け、スタッフと雑談しながら鶴太郎さんを待った。

三十分が過ぎ、四十分。そして約束の時間から五十分が過ぎた。

「これ以上、遅れると鶴太郎さんの飛行機の時間が間に合わないから、ちょっと急《せ》かして来ます」

痺《しび》れを切らせたディレクターの脇田が楽屋に向かった。

しばらくすると脇田が血相を変えて現場に走り込んできた。

「横山さん、収録どころじゃないですよ。東北が凄いことになってます！」

「凄いことって？」

オレたちは慌てて会場にあるテレビを付けた。画面には真っ黒い波が田畑を飲み込む姿が映し出された。

「なにこれ！」

楽屋の鶴太郎さんは、宮城にいる友だちに電話を掛けるが繋《つな》がらないと携帯を見つめ呆《ぼう》然《ぜん》としていた。

「横山君、テレビ観た？　東北で巨大地震が起こってる」

オレはテレビ画面を見つめながら止まらない震えに立ち尽くすだけだった。

波は防波堤を越え、漁船や車をさらい、突然起こった自然災害になす術《すべ》もなく、土台を持ち上げられた民家がひしめき合いながら悲鳴のような音を立てあっていた。

なにも出来ないことが分かりながらも、ここに居て、ただ見つめているだけでは駄目なんじゃないかと誰しもが思った。その思いはオレも同じで、たった今、目の前で起こっている出来事はオレたちの未来に大きく関《かか》わることだということだけは、はっきりと理解が出来た。

「脇田、収録どうする?」

「どうするもなにも、やるしかないでしょ」

「今、こんな状態だよ」

「じゃあ、このままみんなでテレビを観続けるんですか?」

感情としては分かっていても、気持ちがもう持って行かれてしまっている。スタッフのテンションや画面を見つめる鶴太郎さんの表情を見ていると、とても今からバラエティ番組をやる雰囲気ではない。

「そうだよな。やらなきゃ駄目だよな」

オレは心の中で呟いた。

今、オレたちがやるべきことは悲愴な顔をして惨状を見つめることではない。プロとして今、目の前にある仕事を成立させることだ。東北の災害のことは、そのあとだ。

「鶴さん！　セッティングが出来てるから、収録やりましょう。とりあえず、やるべきことをやりましょう！」

鶴太郎さんは、キリッと表情を引き締め直すと、

「そうだよね。そのために来たんだもんね。やろう！」と胸元にピンマイクを付けた。

かくして『鶴太郎画伯』の特番は、今、東北で起こっている未曾有《みぞう》の出来事を一切感じさせることのない楽しいものになった。

近藤真彦を始めとする八十年代アイドルのものまねから小森のおばちゃま、昭和を代表するバラエティ『オレたちひょうきん族』の裏話やおでん芸。これぞお笑い芸人という気迫の面白さで、オレたちはさっきまで見ていた映像を敢《あ》えて打ち消すかのようなテンションで収録を行った。

手を叩きながら笑い、唾《つば》を飛ばしながら喋る。ときに転がり、ときに小突き合う。これこそが、オレたちの世界だよなと思った。体調が悪かろうが、心配ごとがあろうが、心に闇を抱えていようが、とにかく笑って、とにかくふざけて、見てくれる人を元気にしたい。

自分の感情なんか置き去りにして『良質な見世物』を作り上げたい。それはもう、意識というよりも性《さが》に近かった。それが出来なければ、この世界に居てはいけない気さえした。

「はい！　ＯＫです！」

収録を終えた鶴太郎さんは、押し付けられた熱々のおでんのつゆをおしぼりで拭《ぬぐ》いながら「僕は今日の収録を一生忘れないと思うよ」と呟いた。ロビーのテレビには一時間前よりも一層激しさを増した津波の映像が延々と映し出されていた。オレは収録後の高ぶる気持ちの中「どうする？　阪神大震災の偽ヒーロー」と自分の胸の真ん中に問い掛けた。もう小手先では通じない。あのときのリベンジをしたいと思った。

「今度こそ、ちゃんとしたい。今度こそ、ちゃんとやらなきゃ！」

阪神大震災から学んだことは大きかった。オレにはいろんな知識が備わっていた。災害後三日もすれば自衛隊が救助に来る。それから長い長い避難生活が始まる。救援物資を送るときは、いろいろなものをまとめて入れず、水なら水。缶詰なら缶詰。同じものを段ボール箱にまとめて入れる。粉ミルクや生理用品、化粧水は見落とされがちだが必要不可欠なもの。サランラップは食料を保存するだけではなく、お皿に巻けばお皿を洗わずに済むし、コップがなくても、飲むための水をキープ出来る。その他、足にグルグル巻きにすれば靴の代わりをしてくれたり、傷口を守るための包帯にもなってくれる。

翌日、オレはラジオの電波を通じて、

「善意の押し売りにならないよう、落ち着いて被災地を見つめて下さい。思いつきで動かず、熟考してから行動に移しましょう。ネットでの呟きは、本当の情報を欲しがっている被災地の人の妨げになるから敢えて控えましょう」と呼びかけた。

番組には《阪神大震災のときのような横山さんの動きに期待しています》とか、《横山さん、私たちはなにをすればいいですか？　是非、ラジオからご指示を願います》といったメールが山のように届いた。

その間、オレは自分しか知らない心の戸惑いと戦っていた。

「みんな、オレがあのとき、偽ヒーローだったと気付いていない」

阪神大震災でオレは震災から三日後に携帯用のラジオ三千台を神戸市役所に送り届けた。たくさんのリスナーから称賛され、いろんな方からお褒めの言葉を貰《もら》った。

新聞はオレを大きく取り上げたし、オレを見るみんなの目も明らかに変わった。

いざというとき、横山ならなにか行動を起こしてくれる。横山は、いつもふざけてはいるがやるときはやるヤツだ。でも、実は違う。オレはあのとき確かにラジオを聴くみんなと被災した人たちを結びつける動きをした。ただ、その瞬間、動いただけで、そのあと、継続してなにかをやったかと言えば、たったの一ミリも動いてはいなかった。大震災から三日間だけ思い付きで動いた男なのだ。オレは、そのことが阪神大震災からずっと引っ掛かっていた。

「オレは、偽者だ」「オレは、なにもしちゃいない」「みんなは分かっていない」

マイクに向かって喋り続けながら、オレはあのとき以上に頭の中をフル回転させていた。なにか浮かんで来ないか？　有効な策はなんだ？　なにが求められているんだ？　今度こそ、継続してやりたいと思った。あのとき感じた、自分への憤りをなんとか今回、取り戻したかった。

本当の支援がしたい。誰かの役に立ちたい。東北の地震災害は、オレたちの想像をはるかに超えていた。阪神大震災とは比べ物にならないほど広範囲に渡る被害、しかも不幸なことに原発事故も起こった。

地震、津波、原発、テレビから流れる映像は日本で起こった惨事ではなく明らかに地球規模の惨事だった。世の中を自粛ムードが襲った。

「原発事故で電気の供給が困難になっている、みんな電気の使用を控えよう」

二十四時間営業のコンビニの灯りや夜の街からネオンが消えた。

「メディアは、今、東北の情報だけを伝えるべきだ」

テレビやラジオからバラエティ番組の姿がなくなった。

「こんな時期にコマーシャルを流すのか！」

CMまでもがなくなった。

コンサートもお祭りも、賑《にぎ》やかそうなイベントは、ことごとく中止が発表された。笑っちゃいけないのか？　楽しんではいけないのか？

われてしまう。

「これは自粛ではない。委縮だ」

こんなときだからこそ、被災地以外の地域は、しっかりと経済活動をして、今後やって来るであろう被災地支援に備えなければならないのに。これじゃ、他の地域の体力まで奪われてしまう。

しかし、世の中はそんな常識すら否定し始めた。

なにかを発信すれば偽善、少しでも動けば売名行為。オレは考えた挙句『ごぜん様さま』の中で胸の中にある思いを口にした。

「オレ、毎月一回、チャリティライブをすることにしました。実は、オレ、阪神大震災のときに携帯用のラジオをリスナーの力で送ったじゃないですか。でも、実はあのあとなんにもやってないんですよ。偽者だった。だから、今度こそ、継続した本当の支援をしたい。これから毎月『ヨコヤマナイト』ってイベントをやります。入場料を頂いて、それを全額、被災地に送りたいと思います。今の今って考えると相応《ふさわ》しくないことかもしれません。でも、目の前のことよりもっと大事かもしれない未来のことを考えると、動かなきゃいけないって思います。きっと、被災者のみなさんも一緒に悲しんでくれとは思っていないはずです。今こそ、僕たちは微力だけど、無力じゃないってことをやりたいんです。賛同して下さる方がいたら是非足を運んで下さい」

反応はすぐだった。案の定、賞賛の言葉よりも前に非難の声が上がった。

匿名のメール。
《横山さん、売名行為みたいなことやめて下さいよ。綺麗《きれい》ごとばっかり言って！》
《今は喪に服すべきだと思います》
《こんな時期にイベントをやろうとする人の神経を疑います》
《悲しみに暮れる被災者の気持ちを逆撫《さかな》でするようなコメントを謝罪して下さい》
オレは「今だ！」と思った。
全てのメールを読み上げると、オレはマイクの前で声を張った。
「綺麗ごとと思われても一向に構いません。でも、もうオレの名前は充分に売れています。だから、これ以上名前を売るつもりはありません！　誰かに褒めてもらおうなんてことも微塵も考えていません。ただ、阪神大震災のときに出来なかったという後悔を、今、自分のために晴らしたい。その先に、喜んで下さる方がいれば、それは嬉しい誤算になるだけです。今、ここでオレたち大人が頑張らないと、未来の子どもたちに笑われる気がするんです。負の遺産を次の世代に先送りした卑怯なヤツらだって」
悔しかったが、ここで怯《ひる》むと世の中という巨人に押し潰《つぶ》される気がした。当たり前のことを言えない。そして、出来ないムードをオレは身を以《もっ》て晴らしたかった。
目の前で心配そうな表情でオレを見つめていた世良洋子さんは、
「この子は、言い出したら聞かない子だから、好きなようにやらせてあげなさいよ。もし、この子がやったことが間違ってたら、私が番組の中でこっぴどく叱《しか》ってあげるからみんな安心しなさい」とサポートしてくれた。ありがたかった。

「今、オレたちが住んでいる緑豊かなこの街は『ヒロシマ』じゃないか。七十年近く前、焼け野原になって復興を遂げた広島じゃないか。今、オレたちがなにごともなく笑顔で過ごせるのは、先人たちの思いを受け取ったからじゃないか。オレたちの先輩は、未来のオレたちに、こんなに素晴らしい街を作って手渡してくれたじゃないか」

涙が止まらなかった。

東日本大震災復興支援チャリティライブ『ヨコヤマナイト』と名付けられたイベントの第一回は失敗に終わった。

集まった義援金は十六万円。掛かった費用は二十六万円。義援金の全てを被災地に送る約束になっているので、掛かった費用分二十六万円は全て自腹。音響機器や場所代、人件費。シビアな収支になることは分かっていたが、想像していたよりもはるかにお金が掛かった。とりあえず一歩を踏み出した充実感はあったが、正直もっと費用の掛からない違うやり方を考えないとこのままでは続けられないと思った。

「自分の言葉に自信と説得力を持ちたいので、被災地に行かせてもらえませんか？」

「番組、休むんだよね？」

「はい。でもその分、しっかりと被災地の現状を目に焼き付けて来ます。もちろん、現地からの生レポートもしますから」

ラジオ制作部の部長席に座って穏やかな表情でオレを見ていた増井《ますい》さんは、「いいと思うよ。俺、横山ちゃんが言いに来なくても『被災地に行ったら』って声を掛けようって思ってたんだよね」と言った。

奇遇なことに、増井さんはオレが阪神大震災でラジオを送る運動をしていたときの『ジューケン・キャンパスタジオ』のアシスタントディレクターだった。

「宮城を中心に、原発事故のあった福島まで行きたいと思ってるんですが」

「了解。納得するまで取材すればいいよ。ただ、今、福島に入るには放射能の線量計を持っていないと入れない取材協定があるから、それだけは守ってね」

「はい。分かりました。ありがとうございます」

震災からちょうど三ヶ月が過ぎた六月十一日。東京を経由して、新幹線で仙台に入った。

これまでテレビで観て来た被災地。まだ、家をなくした人たちは体育館や公民館に寝泊りをしながら、仮設住宅が出来るのを待っていた。

発生直後のような、生きるか死ぬかの時期を越え、今はこれからどう生きて行くのか、に注目は変わりつつあった。駅の改札を抜け、タクシーに乗るため一旦《いったん》外に出る。

「仙台の街はどうなっているんだろう？」

その心配をよそに、駅の構内も、そして街の雰囲気も、三ヶ月前巨大な地震と津波が襲ったようには見えない。ごく至って当たり前の日常が広がっている。ちょっとホッとした気持ちと、ちょっと意外な気持ちが交錯する。テレビで観る、あの景色はどのあたりなんだろう？

初夏の湿った空気を感じながら、タクシーに乗り込む。

「あの、広島から震災の取材で来たんですが、ここから一番近い、災害が大きかった場所に行きたいんですが」

そう告げると、運転手さんは、一度振り返りオレの顔を見ると「はい。了解しました。ここから四千円分くらい走ったら、お客さんが見たい景色がいくらでもあるよ」と車を走らせた。

「戦争が始まったのかと思ったんだよ。たぶん、ミサイルが落ちたって」

運転手さんはハンドルを握りながら、聞こえにくい小さな声で語り出した。

「地震が起きたときに音がしたってことですか？」

「うん。私は地震があったとき、ちょうどこの車に乗ってたんだけど、たくさんの人に車を揺さぶられたんじゃないかってくらいの衝撃があってね。車を止めたの。揺れは二、三分続いたかな。で、外を見ると街路樹が根元っからユッサユッサと揺れて、ビルの看板とガラス片がいろんなところから落ちてくる。それからしばらくすると、もの凄い数の人がビルから飛び出してきて、道が人で埋め尽くされたんだよ。もし、私が車を走らせたままだったら、きっと何人か撥《は》ねてたと思うなぁ。みんな左右なんか確認することもなく道に飛び出して来たんだから」

「でも、駅を降りた感じだと、そんなに凄いことが起こった場所って雰囲気はありませんでしたね」

「街中の復興は早かったよ。みんな食って行かなきゃいけないから。でも、これから見てもらうところは、悲惨なもんだよ」

車は宮城野区に入って来ていた。道路の周りを飲食店が立ち並び、どこにでもあるなんでもない風景が広がっていた。タクシーの料金メーターが三千五百円を示し出した辺りから、うねったガードレールや隆起した道路が見え始めた。

「ここを曲がると、景色が一変するよ」

運転手さんは「覚悟をしなさい」と言わんばかりの口調でハンドルを右に切った。

目を疑った。声を失った。「ミサイルが落ちた」、まさに、その言葉通りの住宅街。まるでカラーの映画が突然モノクロ映画に切り替わったように、街から色がなくなっていた。

「すみません、一日降ろしてもらっていいですか」

地面は濡《ぬ》れていた。土台からもぎ取られた民家、怪獣にでも握りつぶされたような自家用車、黒こげになった工場、そしてなにより鼻をつんざく魚の腐ったような匂い。海側から飛んでくる砂埃《すなぼこり》に目を開けるのがやっとだ。運転手さんは、車を降りると、オレの真横に立った。

「ここは六千世帯が住んでいた住宅地だったんだが、もう全部流されてしまって、今や人っ子一人いやしないですよ」

風が強く吹き付ける。砂埃が空中で渦を作る。

「夜は真っ暗で怖いですよ。しかも、ここでたくさんの人が苦しみながら死んだ訳でしょ。家がなくなると、すぐ目の前が海だから、こんなに風が吹く場所だったのかって。六千世帯だから、ひとつの家に四人が住んでたって考えると二万四千人がここからいなくなっちゃったんですからね」

膝《ひざ》がガクガクした。立っているのがやっとだった。怖かった。不安な気持ちに心が埋め尽くされた。

自分の背丈を越える波が押し寄せた場所に、今オレは立っている。

今、また巨大地震が来て、津波に襲われたらオレはひとたまりもない。津波が来たその瞬間、被災者はどんな音を聞き、どんな景色を見て、どんな感情になったんだろう。そして、波に呑《の》まれた瞬間、なにを感じたんだろう。なぜか、涙が溢れた。遠くからサイレンが聞こえた。腕にはめた時計を見ると二時四十六分を指していた。

「あぁ、三ヶ月前のたった今、地震が来たんだな。今日は発生時刻に追悼のサイレンを鳴らすって新聞に書いてあったわ」

頬を叩き続ける風に気が滅入った。テレビの中の出来事に風と匂いと恐怖が付け足された。綺麗ごとではない現実が目の前に広がっていた。それは真っ白な地図の上にたった一人でポツリと立っているような気分だった。

夕方、予約していた仙台市内のホテルにチェックインした。

新聞を広げ、テレビをつけると、ニュースは全て震災報道だった。

何時になっても眠れなかった。部屋の電気を消すのが嫌だった。暗闇に一人でいるのが怖かった。

「いま、余震が来たら、オレはどうなるんだろう？」

翌朝、予約していたタクシーをホテルの前で待った。

今日から四日間は、会社から頼んでもらっていた貸し切りのタクシーが被害の大きかった東松島や石巻、そして気仙沼などを案内してくれる。最終日には、福島にも行くことになっていた。しばらくすると年季を感じさせるが綺麗に磨かれた白いワゴン車が到着した。

車から、角刈りで小柄の実直そうな中年男性が降りて来た。

「広島から来た取材の方ですか？」

少し東北訛《なま》りのある、その運転手さんは「堀田《ほった》です。今日からよろしくお願いします」と頭を下げた。車の脇には『雄勝《おがつ》タクシー』と大きく書かれていた。

「わざわざ広島から来て頂いて、ありがとうございます。なにかあったら、なんでも聞いて下さい。せっかく来てもらったんだもの、いろんなことを知ってもらって、広島の人たちに伝えてもらいたいから」

堀田さんは制限速度を守りながら丁寧に運転される人だった。

まだ、いたるところに海水が溜《たま》り、流された木々が道を塞《ふさ》いでいた。自衛隊の車両や消防車、パトカーにレンタカーが隆起して通り難くなった国道を渋滞させていた。

堀田さんは、決して自分からオレに話しかけることはなかったが、気になるところがあれば車を止め、オレが声を掛けると、その場所で起こった惨事をきめ細かに話してくれた。

「レンタカーがいっぱい走ってるでしょ。レンタカーは遺体を運んでるんです。震災からすぐの頃は野球場やサッカー場に穴を掘って、たくさんの人がいっぺんに焼却されたんですよ。人って死んだら、身体からたくさんの脂が出るんですね。放《ほ》ったらかしにしていると、今度は遺体に蠅《はえ》がたかって。だから燃やすしかなかった。今、目の前にあるサッカー場は亡くなった方がそのまま埋葬されています。名前が分からないから花壇に刺されるプレートみたいなものに番号だけが書いてあります。仮設の役場に行くと、その番号の人の見つかった場所と特徴を教えてくれるんです」

どこに行っても濡れた地面と流されてきた木々。家に家が引っ掛かっていたり、グチャグチャに潰れた車が何重にも重なっていたり、火災で焼けただれた学校の校舎が災害の大きさと無常さをまだ生々しく残していた。

オレは、避難所となっている体育館に足を向けると「すみません。広島からやって来たんですが、お話を伺ってもいいですか?」と声を掛けた。

被災された方の気持ちに寄り添うよう、目立たないようにマイクをそっと差し出し、当時のことや今の話を拾って集めた。

中には「マスコミの見世物じゃねぇんだよ!」と声を荒らげる人もいるにはいたが、大半の方々は「今の現状を多くの人に知ってもらい、いろんな協力を頂ければ」と、辛《つら》い三ヶ月前の出来事を語ってくれた。

泣いては失礼になると思いながらも、目頭が熱くなったり居たたまれなくなったり、これまで味わったことのない感情が、その場所場所や人でグルグルとした。

正確な情報は報道が伝えてくれる、だからオレはそのときに感じた自分の感情を、広島に帰ったらラジオで伝えようと思っていた。それは映画のストーリーではなく、映画を観た感想を話すといった具合に。被災した全ての場所、話を聞いた全ての人、風や匂いや思い。忘れないように……忘れないように。

お店が流された東松島のお土産屋さん、日和山公園で出会った子どもを亡くした老夫婦、授業が行われているすぐ横の体育館で段ボールに寝ていたおじさん、避難所のテニスコートに仮設のお風呂を作っていた自衛官、早く自立をするんだと旅館の営業を始めた若女将《わかおかみ》、波が来た場所でゲートボールをしていたが、孫の迎えに行くためにその場を離れ命を取り留めた自転車の中年男性、住む当てのない流された家の前を箒《ほうき》で掃いていた中年女性。いろんな人の思いや願いを中継で伝えたりもした。

「堀田さん、南三陸も女川《おながわ》も広島で観ていた以上の災害です。なにより、この独特の匂いと砂埃に参っちゃいますね」

「ホームセンターで開いてるところがあると思うから、ゴーグルとマスクを買いましょうよ。私も使うから」

「あっ、それ助かります。でも、津波の範囲がこれだけ広いと復興にも時間が掛かりそうですよね」

「そうですね。ボランティアの方々もたくさん来て下さってるんですが、ご飯を食べる場所も手を洗う場所も、ましてやトイレすらもないですから、まずは人を受け入れる環境を整えてから、それからですよね」

「なんだか、気が遠くなりますね」

取材の最終日は福島だった。

原発事故の影響で、今一番、本格的な取材をしなければならない場所だが、正直、この四日間で、仙台・松島・南三陸・女川・石巻・気仙沼と宮城一帯を回ったオレは疲弊しきっていた。

会社から渡された放射能の線量計を手に、海岸線を車に揺られているうちに、すっかり眠りについてしまっていた。どのくらい寝ただろう、携帯電話の鳴る音で目が覚めた。

「すみません。電話に出たいんで車を止めさせて下さい」

堀田さんは、申し訳なさそうに言った。

津波の被害が嘘のような青々とした海。ハザードランプを付けると、堀田さんは速度を緩め車を止めた。オレは、優しい日差しと潮風に当たりながら煙草《タバコ》に火を点《つ》けた。

これから訪れる南相馬は放射能汚染で住民がまだ帰れない地域が多数存在する。今日起こりうるいろいろな出来事を思案していると、海風に流されてきた堀田さんの電話の声がわずかに聞こえた。オレはその消え入りそうな声に耳を澄ませた。堀田さんは、直立不動で携帯を耳に当てたまま、時たま頭《こうべ》を垂れると、

「はい。はい。そうですか。はい」と電話の主に返事を繰り返していた。

なんの話をしているんだろうと思っていると堀田さんは、

「見つかりましたか。そうですか。ありがとうございました。褒めてあげなきゃいけないですね」と海を見つめながら呟いた。

電話が終わり、携帯をポケットに仕舞うと、「横山さん、煙草終わりました？　吸い終

わったら行きますよ」と言った。

電話の内容が気になり「堀田さん、今の電話、なんだったんですか?」と尋ねると堀田さんは静かに口を開いた。

「私、横山さんにはまだ話してなかったんですけど、実はこの津波の被災者なんですよ。石巻の雄勝ってとこに住んでたんですけど、家は全て流されて、今、友だちの家にお世話になっています。母はあの日から行方不明のまま、まだ見つかっていません。もう三ヶ月も経ってるから生きてはいないってことは分かってるんですけど、やっぱり骨を拾うことくらいはしてあげたいなぁと思ってます。でも、なかなか見つからなくって」

オレは狼狽《ろうばい》した。この四日間、当たり前のように会話をし、他人事《ひとごと》のように地震や津波のことを話していたこの人が被災者なんて。堀田さんは続けた。

「さっきの電話は、姪《めい》っ子のことです」

「姪っ子?」

「はい。私には小学四年生になる姪っ子がいたんですが、その子もまだ津波に呑まれたまま見つかっていませんでした。その子が今日見つかったって役場から連絡があったんです」

「それは元気で見つかったってことですか?」

「いや。死んでますよ」

「えっ⁉　でも、褒めてあげなきゃいけないですねって……」

「はい。その子は学校が終わるとスイミングスクールに通ってたんですよ。それで二十五メートル泳ぐのがやっとで、いつもコーチから居残りをさせられて、スイミングに行くの嫌だ嫌だって言ってたんですよねぇ。その子が私のふるさとの石巻の漁港から八百メートル先の沖合で見つかったんです。二十五メートルしか泳げなかった子が、死んでから八百メートルも泳いだんですよ。よく頑張ったねって、褒めてあげたいじゃないですか」

なんでこの人はこんなに優しい表情をしてるんだろう。なんでこの人はこんなに心穏やかなんだろう。淡々と語る堀田さんを見つめることしか出来ない。

「横山さんが傍《そば》にいて下さって良かったです。辛い話を一人のときに聞くの嫌じゃないですか。津波が来た日の夜、私は山の中に逃げ込んでいたんですが、いつもなら明るい雄勝の街に明かりがひとつもないんですよ。真っ暗で、真っ暗過ぎて目を開けているのか瞑《つぶ》っているのか、それすら分からない。海からはなにかがぶつかり合うような激しい音がずっと聞こえてて、寒いし怖いし、でも話す相手もいない。それで山から空を見たら、星が凄い輝いてて、もうこの世の終わりのような気がして。あの日の夜のことをきっと孤独って言うんだと思います。横山さん、一人って辛いですよ。ホントに一緒にいて下さってありがとうございます」

泣いてはいけないと思いながらも、瞳から涙が溢れた。瞬《まばた》きをすると涙が零《こぼ》れてしまいそうで、ずっと瞬きをするのを我慢していた。

でも、一度瞳を閉じると、とめどなく涙が流れた。これが震災なんだなぁ。これが被災ってことなんだ。泣いているオレを見つめ堀田さんは、

「泣くの止めて下さいよ。私も泣いちゃうじゃないですか」とトレーナーの裾《すそ》で涙を拭った。

「横山さん、また石巻に来て下さいよ。私のふるさと雄勝にはね、ホタテとかアワビとか美味しいものがいっぱいあって、見せたい景色もいっぱいあるから、今度は観光で来て下さい。この四日間、横山さんといっぱい話が出来て嬉しかったです。実は私、横山さんが取材してる間に横山さんをウィキペディアで調べたんです。そしたら、凄い有名な人じゃないですか。私は広島の有名人とずっとドライブ出来て、広島の人は羨《うらや》ましがるだろうなぁって思いながら車を運転していました。何年先になるのか見当もつかないけど、私が雄勝に新しい家を建てたら泊りに来て下さい。お酒、好きなんでしょ。美味しいのいっぱい準備して待ってますから」

オレは堀田さんを上目づかいに見ながら、恐る恐る聞いた。

「ありがとうございます。オレ、堀田さんに失礼なこと言ってなかったですか？」

「なんにもないですよ。気仙沼に行ったとき、横山さんが瓦礫《がれき》の山を見て、これはゴミじゃない、みんなの大切なものが集められてる場所だって言ってくれたこと、嬉しかったで

す。赤字で困ってますって言ってた支援ライブの話も、遠い場所でいろんな方が私たちのために集まって下さってるんだって思ったら嬉しいやら申し訳ないやら、ありがたい気持ちになりました」

「堀田さんが被災者だって知らなかったから、なにか不用意に失礼なことを言ってしまってないか心配です。でも、この四日間ありがとうございました。堀田さんのおかげで被災地が被災人になりました。津波に襲われたのは場所じゃなくって人なんですよね。広島に帰ったら、訛りはあるけどいいドライバーさんに恵まれて、いい取材が出来たってラジオで話しますね」

堀田さんは笑うと、

「こちらこそ、ありがとうございました。そろそろ南相馬に行かないと、もう今日中には帰れなくなりそうですから急ぎましょう」と車に乗り込んだ。

キラキラと静かに輝く海を見ながら、この海の中に一体どれくらいの人がまだいるんだろう？　そして、一体どれくらいの人たちにこんなドラマがあるんだろうと思った。

「オレたちは微力ではあるが無力ではない」

オレは運転する堀田さんの後ろ姿を見ながら、『ヨコヤマナイト』を続けられるだけ続けて行こうと決心した。堀田さんと、被災された方々と、繋がっていたいと思った。

# 終章　あの空を見上げて

「おじいちゃん、凄《すご》く喜んでくれたよ。あんなに喜んでくれるんだったら、毎年でも顔を出しとけばよかったなぁ」成人式の艶《あで》やかな写真を手に娘がスーツケースに荷物を詰め込んでいた。

「アイオア州の冬は北海道みたいに寒いんだから、ダウンジャケットは荷物になるけど入れておきなさいよ」

明後日《あさって》からアメリカに留学する娘の支度に妻は右往左往していた。

「パパさ、今度おじいちゃんに連絡するとき、日本に帰って来たらすぐに宮崎に行くからね、ってちゃんと伝えといてよ」

「うん。分かった。それより、さっきからママばっかり準備してるんだから、お前も自分のことは自分でしないと」

「おじいちゃん、私が広島に帰るとき化粧してたら、由希は化粧をするようになったとか！って、ずっとニコニコしながら私の顔を見てたんだよ」

「おじいちゃんの記憶では、由希はそうめん流しの日で止まってるからね」

「うん。もう凄い歓迎ぶりで私の方が嬉《うれ》しくなったよ」

「一日目の晩ご飯は地鶏《じどり》と鰻《うなぎ》だったでしょ」

「そうそう、やっぱり宮崎はなにを食べても美味《おい》しいね」

留学前に成人式の写真を持って一人で宮崎の祖父母に会いに行った娘は、久しぶりの再会を心から喜んでいるようだった。

「ほら、由希。さっきから喋《しゃべ》ってばっかりいないで荷物ちゃんとしなさいよ」

「はーい」

「あっ、そうだ。おじいちゃん、透析《とうせき》しだして長いけど元気だったんだよね？」

「当たり前よ。孫が久しぶりに帰って来たんだよ。元気ピンピンだったよ」

「うん。じゃあパパも安心だ」

離れて暮らしていると、便りがないのは元気な証拠とついつい親に甘えてしまう。本当なら、たくさん帰ってたくさん迷惑を掛ける甘えかたの方が喜ばれるのは痛いほど分かっている。

でも、今回は「おじいちゃんに会いに行ってこようかなぁ」と言った娘に感謝だ。両親のはしゃぎようは言われなくても目に浮かぶようだった。

「由希、アイオア州は治安も良くって住みやすいところみたいだけど、日本で通用することが通じなかったりもすると思うから、軽はずみな行動をとらずに折り目正しく生活するんだよ。由希になにかあったらパパもママもそうだけど、おじいちゃんやおばあちゃんも悲しむんだからね」

「うん。大丈夫。一年間、日本代表のつもりで頑張って来るね」

きっと、親父《おやじ》も母親も、オレを福岡や広島に送り出すとき、同じようなことを考えてたんだろなぁと思うと、親のありがたみを自分の体験や経験を通して感じる。

翌日、娘は一人では抱えきれないほどの荷物を持って妻と東京に飛び立った。

淋《さび》しかったが、逞《たくま》しくなったなぁと思った。たとえ、親離れしようが子離れしようが、親子の縁は切っても切れない。運命という命の緒は、オレも知らないずっとずっと昔から紡がれているのだ。


八月十七日の朝。携帯が鳴った。

昨夜、遅くまで作る当てもない映画の脚本を書いていたオレは、まだタオルケットに包《くる》まったままベッドの中にいた。夢見心地で電話を取ると、娘の弾むような声がした。

「パパ、まだ寝てた？　今、羽田空港。これから私、アメリカに行って来るね」

「おう。そうか。ママも一緒？」

「うん。見送りの友だちとさっき一緒に朝ご飯食べたよ。ママ、同級生と食事してるみたいに楽しんでたよ」

「そうなんだ。由希、淋しくなるけど、この一年間が由希の人生を大きく変えてくれるかもしれないから、楽しみながら頑張って来るんだよ」

「うん。ありがとう。淋しくなったら電話するね」

「うん。分かった。じゃあ、気を付けて行くんだよ」

「あっ！　おじいちゃんとおばあちゃんにもよろしく伝えといてね」

「はい。了解。じゃあ、行ってらっしゃい！」

しんみりした。娘を嫁に出すような心境だった。


起きたついでに冷蔵庫を開け、野菜ジュースにストローを刺した。

テレビを付け、玄関に新聞を取りに行こうとしていると、再び電話が鳴った。

慌てん坊の娘が、伝え忘れたことでもあったんだろうと携帯の画面を見ると『姉・由美』と表示されていた。姉ちゃんから電話なんて珍しい。オレは、なんだろうと電話に出た。

「もしもし、姉ちゃん。久しぶりやね。どんげしたと？」

「雄ちゃん、お父さんが急に倒れたとよ。でね、今、病院に入院しちょるっちゃけど、たぶん大したことはないと思うけど、雄ちゃんが帰って来てくれたら、お父さんも喜ぶと思うっちゃけど。仕事は、休めんよね？」

時計を見ると午前十時だった。

新幹線から飛行機を乗り継ぎ、宮崎に帰ったオレは変わり果てた親父と対面をした。憔《しょう》悴《すい》した母親は、オレを見るなり、

「帰って来てくれてありがとうね。この前、由希ちゃんが遊びに来てくれてお父さん、もの凄い喜んじょったよ。『由希が立派な娘になっちょった』って何度も何度も繰り返し言うもんやから、お母さんはもう分かったが！って言ったけど、またお酒を飲みながら『由希があんげ立派になっちょるとは思わんかったが』って、最後にお父さんに由希ちゃんを会わせてくれてありがとね」と言った。

オレはたまらない気持ちになった。

「お父さん、ごめんね。今までちゃんと孫の顔も見せてやれんでホントごめんね」

仏間に寝かされた親父に向かって唇を噛《か》んだ。

忙しさにかまけて、自分の好きなことばかりしていて、オレは親孝行らしいことはなにも出来ていなかった。通夜の夜、蠟燭《ろうそく》の火と線香を見つめながら、横たわる親父の横で母親と姉、そしてオレの四人、親子水入らずで久しぶりに話をした。

「お父さん、今頃、やっとみんなが集まったねって笑っちょるやろうね。オレが死なんと集まらんかったやろうがって」

「ひょっとしたら由希はお父さんが呼んだとかもしれんね。急におじいちゃんに会いに行

くって言い出したもんね」

「お父さんは、死ぬことを分かっちょったちゃろうねぇ。由希ちゃんが来てから、まぁ、お盆やったけど、お母さんの実家の墓参りに行って、親戚《しんせき》みんなに会って、次の日は自分のふるさとに帰って墓参りして、帰りの車の中で、もう借金は全部返した。これから子どもにも迷惑を掛けんで良くなったかい、また一から出直しやわって。そのあと急に体調が悪くなって、そのまま病院に行ったもんね」

「でも、倒れる前までは元気やったちゃろ？」

「うん。でも虫の知らせみたいなのを感じちょったとかもしれんもんね」

母親は父親の口に人差し指に付けた焼酎《しょうちゅう》を含ませながら、しみじみと語った。

「あっ、お母さん、明後日の葬儀で喪主の挨拶《あいさつ》してくれるよね」

「うんにゃ。それは雄二君がしてよ」

「いや、ご近所さんもいっぱい来るから、お母さんがやった方がみんな納得してくれると思うよ。姉ちゃんはどう思う？」

「うん。私もお母さんがした方がいいと思うよ。お母さんの思いもあるやろうし」

母親は弱々しい声で、

「お母さんはお父さんとのお別れの言葉を言うのが嫌やとよ。お父さんが死んだら、お母さんも死のうって思っちょったから、お母さんはお父さんがまだ死んだと思いたくないとよ」と俯《うつむ》いた。

「お母さんの気持ちも分かるけど、オレはやっぱりお母さんがした方がいいと思うよ」

「いや、あんたが長男やから、あんたがしてよ」

気乗りがしなかったが、弱っている母親に、これ以上の負担を掛けるのは可哀想《かわいそう》だと思った。感情がいっぱいの今の母親に、頭を整理して喪主としての挨拶を、とはもう言える雰囲気ではなかった。ならば、オレは父親が筋道を立ててくれたアナウンサーとして、しっかり挨拶をして見せようと思った。

「ウチの息子の挨拶は凄いでしょ！　広島では人気アナウンサーですから」

もし親父が生きていたら、そう周りに自慢出来るスピーチをやらなければと使命感も湧《わ》いた。

自由奔放に生きては来たが、実に繊細な心を持つ親父だった。その細かな気配りに光を当てて喋れたらいいなとも考えた。果たせなかった親孝行を父親の最期にやろう。

「そしたらお母さん、一応、オレがやるけど、みんなに伝えたいことがあったらちゃんと言ってね。挨拶の中に入れ込むかい。頑張って、恥ずかしくないスピーチするかいね」

葬儀会場にはたくさんの花が届いた。親類縁者をはじめ、父親や母親の友だちからのものも数多く届いたが、吉川晃司・有吉弘行・アンガールズに広島カープの選手やコーチ。

野球解説者にプロゴルファー。錚々《そうそう》たる有名人からの花に、葬儀場の担当者は色めき立った。

「お父様はなにをされてた方なんですか?」

「いえ。僕が広島でアナウンサーをしていて、みなさん仕事仲間なんです。たぶん、番組のスタッフが気を利かせていろんなところに連絡をしてくれたんだと思います。だから、父親とは関係ないって言えば関係ないですね」

担当者は会場をぐるりと囲んだ花を見渡しながら言った。

「そうなんですね。ウチの式場でこれだけ有名な方々から花が届くことはないので、ちょっと驚きました」

会社に仲間が少ないオレにとって、スタッフからの気遣いは泣きたいほどありがたかった。

田舎の葬儀は、地域ぐるみで行われる。向かいの山岡《やまおか》さんがおむすびを握り、向こう隣りの野辺《のべ》さんが飲み物を用意する。列席者に振る舞われる茶菓子は母親の友だち菅《すが》さんが準備をしてくれた。他にもオレが子どもの頃から可愛《かわい》がってもらっていた近所のおじちゃんやおばちゃんが、次から次へとお酒や料理、布巾《ふきん》や紙コップなどを持って来てくれた。

「あらっ!　おばちゃん、ありがとう。元気やった?」

「うん。見ての通り歳《とし》は取ったけど、お陰様で元気にやらせてもらっちょるよ。お父さんは突然のことで驚いたねぇ。雄二君は、最後にお父さんには会えたと？」

「うんにゃ。急いで向かったけど、結局、死に目には会えんかったとですよ」

「そうね。それはお気の毒様やねぇ。でも、おばちゃんは元気そうな雄二君を見て安心したわ。最近は『おはようクジラ』で雄二君を観《み》られんようになったかい淋しかったとよ」

「おばちゃん、あれはもうだいぶ前やがね」

「お父さんもお母さんも、あん時期はホントに嬉しそうで、月見ケ丘の人がみんな雄二君ちに集まって、いっつも雄二君の話をしちょったとよ」

「ホントですか。オレの知らんそんげな話を聞くと、ふるさとはいいなぁって思います。今日はありがとうございます」

「喪主はお母さんやけど、挨拶はやっぱり雄二君がすると？」

「はい。母親がどうしてもしたくないって言うから、僕がやることになってます」

「そしたらテレビで観ちょったあの軽快な喋りが今日は生で観られるっちゃね。お父さんも、それは鼻が高いわ」

「おばちゃん、今日の主役は死んだお父さんやから、僕は目立たんようにお母さんの付き添いをするだけやから」

「雄二君はお父さんの自慢の息子やったたっちゃから、最後に格好良く決めてお父さんを喜ばさんといかんね」

いつもなら四、五分のフリートークなど原稿なんかなくてもマイクさえ持てば、すぐに思い付く。それが仕事だし、喋り手としての美学だから。ところが、考えれば考えるほど浮かばない。

大好きな親父を送り出す最後の言葉。一体、どんな言葉が相応《ふさわ》しいんだろう？　親に送る天国へのラブレターのような内容にしたい。なにも思い付かないまま、オレは葬儀の準備と参列者への対応に追われていた。

葬式の時間が近付いて来ると、その数は二百人ほどが集まるホールに入り切れなくなった。

会場の様子を窺《うかが》うと、高校時代の野球部のチームメイトが手を振っている。その横には、慌てて広島からやって来たんだろう番組のスタッフや仲間の顔も見えた。アナウンス部長もいる。隙を見せないようにしていたが、感謝の気持ちでどっと涙が溢《あふ》れた。

「ありがとう。みんな！」

胸がいっぱいになった。そして、三百人を超す喪服姿の列席者を見て、自分の四十六年の人生と親父の七十七年の人生がシンクロした気がした。

「たくさんの友だちや仲間がいたんだなぁ」

嬉しくなった。晴れやかな気持ちになった。

——雄二、男たるもの外に出れば七人の敵がいる。でも、お父さんには七人の味方もおるぞ。

野球部時代、腐っていたオレに親父が投げ掛けた言葉を、身を以《もっ》て見せられた気がした。親父はみんなに愛されてたんだなぁ。

僧侶《そうりょ》が入場し、読経が始まった。

オレは祭壇に祀《まつ》られた父親の写真を見つめながら、どんな挨拶が相応しいだろうと、未《いま》だ決めかねていた。焼香が始まり、みんなのすすり泣く声が聞こえていた。時たま発せられる「圭剛《けいごう》さん！」という叫び声に、何度もグッと来た。そのたびに押さえられない感情を、涙で洗い流した。すぐ隣では、母親が数珠を握りしめたまま気丈に振る舞っている。

僧侶が退席し、何通もの弔電が披露された。葬儀は大詰めを迎え、司会者から「それでは、本日、ご参列の皆様へ親族よりお礼のご挨拶を申し上げます」とコメントがあった。

オレは、まとまり切らない頭のまま立ち上がろうとした、そのとき。隣にいた母親がスッと立ち上がった。振り返り、弔問客に頭を下げると、

「雄二君、やっぱりお父さんの最後はお母さんが送るわね」と囁《ささや》いた。

オレは震える両膝《ひざ》を掌《てのひら》で押さえ、涙をこらえた。そして「お母さん」と小さな声で呟《つぶや》いた。

マイクの前に立つと母親は、かすれながらも張りのある声で挨拶を始めた。

「本日はご多用のところ、皆様にはわざわざご会葬頂きまして、誠にありがとうございました。お陰様をもちまして葬儀も滞りなく終えさせて頂きました。皆様の温かいお心に見送られ、主人もきっと嬉しい気持ちで浄土に赴いたことと存じます。主人は突然、亡くなりました。急いで広島から帰って来た息子を待つことなく、天寿を全うしました。なんでそんなに急いで逝かなきゃいけなかったの？　と聞きたくても今はもう声すら聞くことが出来ません。今はただただ悲しいばかりですが、たくさんご縁を頂いて、たくさん思い出を刻ませて頂いて、感謝の言葉しかありません。私は本当に主人の妻で良かった。主人は優しい人でした。子どもや孫にも恵まれ、主人と出会えた私は幸せ者です」

母の顔はとても清らかで穏やかだった。そして、白いハンカチで目頭を押さえ、顔を少しだけ上げるとわずかばかり微笑《ほほえ》んだ。

「お父さん、聞いちょったら返事は要らんよ。次に私と出会ったら、またお嫁さんにしてね。お父さん、幸せにしてくれてありがとね」

涙に暮れながらもしっかりと挨拶をした母親をぼんやりと見つめながら、オレは、母親は父親の奥さんで、その前は彼女だったんだと思った。そして、そんな彼女を妻にした父親を羨《うらや》ましく思った。

「お父さん！　あんたの彼女はいい女だったんだね」

この人たちの子どもで良かったと改めて思った。母親の天国へのラブレターは父親にも、そして息子のオレにも届く言の葉だった。

忌引を終え、オレはいつも通りラジオのスタジオにいた。

あのあと母親は心労からか少しだけ体調を崩した。しかし、これを滞りなくというのだろう。みんなが当たり前のように、当たり前のことをして父親の最期を見送った。「淋しい」という感情はあるが、それより「やるべきことはやった」という思いが強かった。まだまだ残された者のやるべきことはあるにはあるが、平生が、日常が戻ってきた。

スタジオに待ち構えていた『ごぜん様さま』スタッフは神妙な面持ちでオレを出迎えた。

「この度は、ご愁傷様です」

「いやぁ、こちらこそ、迷惑を掛けてすみません！　今日から、またお手柔らかによろしくお願いします。親父は死んだけど、全然、気にしないでね。葬儀のときに仕入れて来たバカ話がいっぱいあるから。今日は、ガンガンに葬儀トークするからね」

今週の番組テーマやスポンサーの告知原稿のチェック、簡単な流れを確認して、マイクテスト。放送開始まで、あと一分。久しぶりに、頭の中のスイッチを入れる。脳みそに、血液全部を送り込む感覚だ。ちょっとだけ体温が上がる気がする。そして、タイトルコールからの第一声。

「みなさん、ご機嫌いかがですか？　世良洋子です」

「リスナーのみなさん、礼拝《らいはい》！　天才！　横山でございます。いやぁ、みなさん、急な休みで、ご心配を掛けました。申し訳ない。リスナーからもいっぱいメールが来てますけど、親父が急に死にまして、死んだ親父を焼いてきました。レアで！」

突然のブラックジョークに、一瞬戸惑いの表情を見せた世良さんは、すぐさま、

「もう、いきなりなんですか！　不謹慎な。亡くなってすぐのお父さんをネタにするの止《や》めなさいよ」と笑って見せた。

「火葬場で、係りの方に『せっかく焼くなら、美味《おい》しく焼いて下さい』って言ったら『レアですか？　ミディアムですか？』って聞かれたから『レアで！』って」

「そんな訳ないじゃないですか。お父様、可哀想ですよ」

「でね。点火のスイッチを押して、火がボワッとなったとき、棺桶《かんおけ》の中から、親父の『熱っ！』って声が聞こえたんですよ。ありゃ、ひょっとしたら親父生きてたのかもしれねぇ！って」

「生きてる訳ないじゃないですか。葬儀を終えてからの火葬場なんですから」

「あっ！　ちなみにお袋は、焼き加減はミディアムレアで！って言って、焼く前に塩コショウを振ってました」

「もう、本当にいい加減にしなさい。落ち込んだあなたを励まそうと、たくさん心温まるメールが来てるのに」

「イヤ。温まるじゃダメなんです。焼かないと。棺桶差し出して、温めて下さい。チンして下さいじゃ、逆に親父が可哀想です」

　この禁じ手とも言えるトークが、オレの真骨頂だ。リスナーが「なにも、そこまで！」というラインまで世の中を茶化す。毒舌が売りのオレは、自分でも命を削りながら真面目《まじめ》にふざけていた。

「それにしても、人間ってあっと言う間に死ぬんですね。これまで『死ぬこと以外は、かすり傷』って思ってたから、人はそう簡単に死なないって思ってたけど、ウチの親父は、ホントにあっと言う間に死にました。当たり前だけど、人間の死亡率は百パーセント、みんな平等に死にます。死に向かって、時計の針は進んでいます」

「本当に、そうねぇ。だから、日々を充実させて、一日一日を大切に過ごして行かなければいけないんですよね」

「はい。人間は二度死ぬって言うじゃないですか。一度目は命をなくしたとき。そして、二度目はみんなの記憶から消え去ったとき。だから、オレは、これから親父をもう殺さないように、バンバン親父の話をして行きます。リスナーの記憶の中に、ウチの親父をねじ込んでやろうと」

「止めなさいよ。リスナーさんに見たこともない横山さんのお父さんを刷り込んで行くの！」

その瞬間、一瞬、笑っている親父が見えた気がした。頭の中で一瞬だけパッと親父の顔が見えた。自然とバカ話をしながらも涙が頬《ほお》を濡《ぬ》らす。それでもオレは喋り続けた。

「それで、親父の葬儀のとき……」と。

頭の中で、親父との思い出がグルグルした。とめどなく思い出が飛び出してきた。入学式の日、身体《からだ》よりも大きなランドセルを担いで小学校に向かうオレを送り出してくれたこと。中学の野球部の試合をいつもビデオで嬉しそうに撮影していたこと。大学受験に失敗したオレを真《ま》っ直《す》ぐに見つめて話しかけてくれたこと。実況したゲームが宮崎に流れたと電話してきたときの声。いろんな出来事が、まるで電流でも走るかのように頭の中をフラッシュバックした。

「オレはこれから親父との思い出を、しつこいほどに話します。みんな覚悟してよ！　オレの親父はみんなの親父。今日から広島に住む全員が横山家の一員です。みなさん、この度はご愁傷様でした！」

生放送中に発した自分の言葉に「うん」と頷《うなず》いた。葬儀を終えて、母親と亡くなった親父のことをたくさん喋った。ぽつりぽつりとトタン屋根から零《こぼ》れ落ちる水滴のように、落ちては途切れ、途切れては落ちる。そんな思い出の時間を辿《たど》った。

どの話も親父らしい出来過ぎた話で、笑ったかと思えば泣き、泣いたかと思えば笑えた。

これから、親父が生きた証《あかし》を、そして、オレが生きてきた証を、喋りで残して行こうと思った。だって、オレはアナウンサーなんだから。オレを喋りの道に誘《いざな》ったのは親父なんだから。

それから、なぜかいいことが起こると「親父かな？」と思うようになった。実際、親父が死んでから、オレの身の回りでは奇跡のような出来事が次々と起きた。


「横山さん！　今度キャンペーンで薬師丸ひろ子さんが来ます！」

「嘘《うそ》～っ！」

「インタビューします？」

「当たり前じゃん」

念願だった薬師丸ひろ子さんに会えた。


「横山さん！　映画の出演の話があるんですが」

「マジで？」

「『ラジオの恋』って映画で、ラジオ局が舞台だから横山さん主人公みたいです」

「ホントに？」

オレが主役の映画が作られ、全国公開された。

「横山さん！　映画の監督をしないかっていう企画がありますよ」

「そんな訳ねぇだろ！」

「昔から、作る当てのない脚本書いてましたよね。あれを映画化したいって」

「嘘だろ？」

『浮気なストリッパー』のタイトルで書いた脚本が認められ、コメディ映画の監督を任せられた。

オレはそのたびに「親父、天国のシステムを理解したんだな！」と笑った。

天国からの贈り物はどれもこれも、子どもの頃、青空の広がる宮崎で見た夢だった。それは、丸坊主の野球少年が見た夢だった。

二〇一五年四月。いつものように番組を終え、スタジオで談笑しているオレの元へラジオ局長が血相を変えて走り込んで来た。

「横山！　大変なことが起こったぞ。お前、今年のギャラクシー賞に選ばれたぞ！」

「えーーーっ！」

スタジオが一瞬静まり返り、スタッフみんなが「おぉぉぉぉぉ」と雄叫《おたけ》びを上げた。

天にも昇る気持ちだったが、オレはちょっと照れながら「あざっす！」とだけ言うとペコリと頭を下げた。

笑顔の仲間たちがずっとずっと拍手を送ってくれた。

おかしなものだ。番組を当てても当てても会社では厄介者扱いだったオレが、放送界で最も権威のあるアカデミー賞とも言える賞を貰《もら》った。自分の評価にもがき苦しみ、理解されない日々を送り続けた先に、こんな華やかな賞が待っていたなんて。笑いながら仕事をしていたら、きっとオレを忌み嫌う人たちが悔しい思いをするだろうと、ただただ復讐《ふくしゅう》心だけで笑い続けていたオレに、本当に笑える出来事が起こるなんて。

「夢は努力していれば必ず叶《かな》うってことはないが、努力を続けていないとせっかく来たチャンスを逃してしまう」

この言葉がいつも頭の片隅にあった。いつからだか、この言葉が座右の銘みたいになっていた。思い出してみると、この言葉は高校の野球部時代、補欠だったオレに父親が発した言葉だった。自分で獲《と》った賞なのに、なぜか親父が与えてくれた賞のような気がして悔しかった。

「おい！　親父！　これはオレの努力で獲った賞だからな！　オレ、十八歳で宮崎を出てからずっとしんどかったんだからな。でも、授賞式には正装して見に来てくれよ。終わったら、一緒に東京で酒でも飲もう！」

六月二日。白いタキシードに蝶《ちょう》ネクタイ姿のオレは東京・恵比寿にいた。奇遇にも授賞式の会場となったウェスティンホテル東京は、オレが大学時代通ったアナウンスアカデミーの目と鼻の先だった。

何者でもなかったオレが、一歩一歩、未来の自分を信じて歩いた坂道を、今オレは日本一の喋り手の称号を与えられ歩いている。感慨深かった。道行く人や、街を彩る広告、せわしなく走り過ぎる電車やバスに至るまで、みんながオレを祝福しているように思えた。あのとき、誰にも相手をされずライバルだと思った東京が、ようやくオレを仲間にしてくれた気がした。「長かったなぁ」とオレは微笑んだ。

無数のテレビカメラやスチールカメラが待ち構える授賞会場は華やかだった。

一九六三年に創設されたギャラクシー賞は紛れもなく日本の放送界最高の栄誉。そのトップにオレが立ったのだ。

ステージでは、今年最も評価された番組のスタッフや出演者がスピーチを行っていた。番組の名前が読み上げられるたびに、歓喜の声がホールに響いた。胸にリボンを付けられたオレは最前列の席で、その喜びの声を同志の言葉のように感じていた。

オレが壇上に上がる順番がやって来た。

会場内が暗くなり幾つものスポットライトがステージを交錯する。大型ビジョンにけたたましい音楽と共に「ＤＪパーソナリティ賞」の文字が浮かび上がった。

司会者は数百人が見守る会場に向けて、

「さぁ第五十二回ギャラクシー賞、いよいよ個人賞の表彰です」と叫んだ。

オレは、大きく息を吐くと映し出される映像を見ながら立ち上がる準備をした。

「日本放送界の喋り手の頂点とも言えるＤＪパーソナリティ賞。これまでの受賞者は、笑福亭鶴瓶さん、伊集院光さん、久米宏さん、ピーター・バラカンさんなど、その年の顔に相応しい方ばかりです。そして二〇一五年、その頂点に立ったのは広島ＲＣＣ中国放送の横山雄二さんです」

荘厳で華やかな音楽が会場内に響き渡った。

スポットライトの当たったオレは、すっくと立ち上がると「よし！」と小さく声を発し、背筋をしっかり伸ばして、ステージ中央へ歩みを進めた。

目が開けられないほどのカメラマンのフラッシュとシャッター音に包まれ、センターマイクへ向かう。まるでスローモーションの中にいる気分になった。階段を一段一段昇り、マイクの前に立つ。

就職試験から二十六年、誰かに憧《あこが》れられたい、誰かのスターになりたい。そう思い喋り続けていたオレが人生で初めての勲章を受け取る。深々と頭を下げ、受賞理由が書かれた盾と記念のブロンズ像がオレの手に渡された。思いの外、ずっしりと重たかった。

口を真一文字に結んだオレに選考委員長は握手を求めると穏やかな表情で、

「ラジオの、そして放送の未来をよろしくお願いします」と言った。

鼻がツーンっとなった。

受賞のスピーチを促されたオレは、マスコミや関係者にぎっしりと埋め尽くされた会場を一旦《いったん》ぐるりと眺めると、大林先生に習った腹式呼吸で、

「これまで、素晴らしい仲間に恵まれました。二十六年前、就職試験でRCCという会社に『放送に出ていいよ』と一度、免許を貰いました。今日改めて、この場でこんなに素晴らしい賞を頂き『あなたはこのままでいいですよ』と言って頂けた気がして嬉しく思います。ようやく褒めて頂けました。そのことに感謝です。感謝の気持ちでいっぱいです。ありがとうございました」と言った。

我ながら、恥ずかしいほど大したスピーチではなかった。こんなとき、人は気の利いた言葉なんか出てこないんだと実感した。それでも、会場からは割れんばかりの拍手が起こった。

「よく頑張って来たな、オレ」

そう自分に話し掛けた。今、オレの耳に届く拍手は、今のオレにではなく、過去のオレに送られた拍手だと思えた。今日だけは、素直に自分をちゃんと褒めてあげようと思った。

「うん！　間違いなく、オレは頑張って来た」

自然と笑顔が零れた。そして「あっ！　第五十二回のギャラクシー賞、52ってオレがRCCを受けたときの受験番号だ」と不思議な縁を感じた。


授賞式から二ヶ月後。お盆休みを取り、父親の三回忌法要のため宮崎に戻った。

「ひっそりと」との母親の提案を受け入れ、母親・姉、そしてオレだけが集まって、亡き父親に花を手向け、手を合わせた。

木々は青々と茂り、蟬《せみ》は短い人生を謳歌《おうか》するかのように元気に鳴いていた。

「お父さん。雄二が日本一の喋り手になって帰って来たよ」

母親が手を合わせながら、父親に話し掛けた。

「凄いね、お父さん。お父さんの見立てが当たったね。横山家から日本一が生まれたよ」

姉も続いた。

「お父さん、オレの晴れ姿、東京まで見に来てくれたや？　華やかやったやろ。賞状を持って来たよ。ほら、見てよ」

オレは額に入れられた賞状を、父親の墓前に向けた。すると、姉が、

「お父さん、ひょっとすると老眼鏡をしちょらんかもしれんかい読めんかもよ。どら、姉ちゃんがお父さんに読んで聞かせてやるわ」と賞状を手に取った。

「横山雄二殿。言葉巧みに擬音、下ネタ、宮崎弁を織り交ぜて展開する予測不能のマシンガントークは天下一品です。一方で広島カープを叱咤《しった》激励し、リスナーにも本音で物言いをする熱い一面に、パーソナリティとしての求心力を感じます。去年、広島で土砂災害が発生した際は、その力を発揮して、チャリティーソング『広島の空』を歌い、売り上げの全てを広島市に寄付し、自らが主催する東日本大震災復興支援チャリティイベント『ヨコヤマナイト』では、九四年で一千万円をこえる義援金を集めました。これらの活動は、全てラジオを通じてなされています。多岐にわたる活動の中で、軸足をラジオに置き、リスナーとの輪を育《はぐく》み、感動を共有し、ラジオの可能性を追い求める姿勢を称《たた》えるとともに、ラジオの未来を明るく照らすラジオスターとしてさらなる活躍を期待します。二〇一五年六月二日。放送批評懇談会ギャラクシー賞」

姉がアナウンサーらしく流暢《りゅうちょう》に読み上げると、墓地にサッと静かな風が吹き抜けた。

母親が「あらっ。蠟燭の火がちょっと大きくなっちょる気がするね」と笑うと、一瞬、線香の炎もポッと明るくなった。

「お父さんが、喜んじょるみたいやね」

そう言うと、突然、ザァーという音と共に大きな雨粒が落ちて来た。

喪服の上着を脱ぎ、母親の頭に掛けてあげながら、オレたちは屋根のある管理棟まで急いで走った。

息を切らせ、少しだけ濡れた母親をポケットに入れたハンカチで拭《ふ》こうとした瞬間、母親が「あっ！」と大きな声を上げた。

なんだろうと振り返り、墓地の上空を見ると、先程まで降っていた雨が一瞬にして上がり、一面に青空が広がっていた。そしてそこには、大きな虹の眼鏡橋が架《か》かっていた。

その橋は、父親に会いに行ける特別な橋のようであり、先祖から受け継いだ命の架け橋のようでもあった。オレたちは、しばらく、子どもの頃から見慣れたあの空を見つめ続けた。そのとき、一陣の風が吹いた。

――雄二。こっちでご先祖様みんなが喜んじょるぞ。お父さんは鼻が高いわ。

父親の声がした。確かに聞こえた気がした。

オレは母親をチラリと見ると、

「お母さん、お父さんは天国のシステムを覚えたみたいやね」と呟いた。

母親は、大きな虹を見上げながら、

「そんげみたいやね。今のお父さんの声、嬉しそうやったね」

と、まるで少女のような笑顔でにっこりと微笑んだ。

本書はハルキ文庫の書き下ろし小説です。

ハルキ文庫

よ 11-1

ふるさとは本日《ほんじつ》も晴天《せいてん》なり

著者　横山雄二《よこやまゆうじ》

2018年10月18日第一刷発行
2018年11月28日第六刷発行

発行者　角川春樹

発行所　株式会社角川春樹事務所
〒102-0074 東京都千代田区九段南2-1-30 イタリア文化会館

電話　03（3263）5247（編集）
03（3263）5881（営業）

印刷・製本　中央精版印刷株式会社

フォーマット・デザイン　芦澤泰偉
表紙イラストレーション　門坂 流





ISBN978-4-7584-4209-1 C0193 ©2018 Yûji Yokoyama Printed in Japan
http://www.kadokawaharuki.co.jp/［営業］
fanmail@kadokawaharuki.co.jp［編集］　ご意見・ご感想をお寄せください。